Le souffle du dragon

Jean-Luc Bizien

Le souffle du dragon

Les Empereurs-Mages
TOME 1
BAYARD JEUNESSE

Pour Charlotte R. et
pour Elric, mon petit prince des Dragons

Jean-Luc Bizien

Illustration de couverture : Jean-Yves Kervévan

3, rue Bayard, 75008 Paris
ISBN : 2 227 73906 1
Dépôt légal : mars 2000

Loi 49-956 du 16 juillet 1949 sur les publications destinées à la jeunesse

1

Le petit matin était blême sur Selenæ. Les premiers rayons du soleil franchissaient la crête des montagnes brumeuses, illuminant *la tour aveugle*. Toutes sortes de légendes circulaient à propos du palais de jade : on disait que derrière ses murs épais, l'Empereur-Mage préparait d'obscurs sortilèges. Il se livrait à des rites abominables, qui tenaient à distance les forces du Mal.

C'étaient là des cérémonies étranges, qu'il convenait de tenir au secret.

La population dormait toujours, paisible. Elle ignorait le drame qui se déroulait dans le palais de jade de l'Empereur-Mage.

Le moment tant attendu de l'élection était arrivé…

Le donjon n'abritait qu'une salle circulaire, un cirque de pierre taillée, au centre duquel s'ouvraient des arènes gigantesques, baignées de lumière. Son toit était constitué d'une lentille minérale, qui s'ouvrait comme un œil cyclopéen.

Le Conseil s'était réuni. Il y avait là les représentants du peuple, les officiers supérieurs et les prêtres de la Lune sombre. Tous s'interrogeaient : verrait-on enfin le nouvel élu ? Arh'En Dal, le grand prêtre, se leva soudain et le silence se fit : l'Empereur-Mage arrivait.

C'était un homme de haute stature. Il était vêtu d'une longue toge blanche et portait le masque de lumière, symbole de son rang. Un casque d'argent lui couvrait le haut du visage. On ne voyait de lui que ses joues maigres, sa bouche aux lèvres fines, ses longs cheveux aux reflets laiteux et ses yeux ; deux prunelles de feu qui brillaient derrière les fines ouvertures du casque.

Il dévisagea un à un tous les invités, qui s'empressèrent de baisser respectueusement la tête. Satisfait, il se dirigea à petits pas vers son trône.

L'Empereur-Mage se faisait vieux. Trop vieux, peut-être, et dans son entourage on s'inquiétait : combien de temps tiendrait-il encore ? Serait-il seulement capable de repousser la prochaine vague d'assaut des forces du Mal ?

Le monarque prit place sur son trône d'onyx. Chacun s'assit aussitôt sur les gradins de pierre qui surplombaient l'arène.

Un silence tendu s'installa.

Ceux qui se présentaient à l'élection ne tarderaient pas à entrer pour subir l'épreuve ultime.

L'Empereur-Mage cachait mal sa nervosité. Il serrait convulsivement les mâchoires, faisant saillir les muscles de ses joues. Ses longues mains étaient crispées sur les accoudoirs de son trône. Il fit claquer sa langue avec irritation et se tourna vers le grand prêtre :

– Alors ? Vont-ils enfin se décider ?

Arh'En Dal, le grand prêtre, secoua la tête :

– Ils ne devraient plus tarder, Majesté. Ils ont déjà déclenché l'ouverture des grilles...

L'Empereur-Mage acquiesça. Il balaya la salle du regard.

Les champions qui avaient survécu aux nombreux pièges de l'épreuve allaient pénétrer dans cette enceinte.

Et l'un d'entre eux serait l'élu.

Il deviendrait Empereur-Mage et présiderait à la destinée de son peuple.

Un murmure s'éleva soudain. Un premier guerrier s'était avancé dans la lumière. Le malheureux titubait, s'appuyant sur son épée comme sur une béquille. Il était caparaçonné de cuir, mais son armure lacérée, autrefois fièrement recouverte de ses couleurs, béait lamentablement. Le guerrier leva péniblement son bras valide, luttant contre l'éblouissement.

L'Empereur-Mage eut une moue attristée. Le valeureux combattant avait bien piètre allure ! Il méritait le respect cependant : n'avait-il pas traversé le dédale des souterrains qui couraient sous la citadelle ?

Le grand prêtre se racla la gorge :

– Majesté… Cet homme paraît sur le point de s'effondrer… Ne pourrions-nous pas lui porter quelques soins ?

– Hélas, brave Arh'En Dal, tu connais comme moi la règle : seul celui qui aura survécu à *toutes* les épreuves sera sacré Empereur-Mage…

Arh'En Dal s'inclina respectueusement. L'Empereur-Mage avait raison. Il avait lui-même affronté les épreuves. Il avait vaincu. Il était l'empereur depuis ce jour…

À nouveau, la clameur s'éleva. Une poignée de champions à l'air farouche surgirent sur le sable de l'arène. Certains promenaient sur les alentours leurs yeux hagards. D'autres avançaient d'une démarche plus affermie. Leurs armures étaient quasi intactes.

L'Empereur-Mage sourit : ceux-là avaient su faire preuve de ruse. Ils avaient évité les principaux dangers…

L'un des guerriers était un géant aux mensurations de colosse de foire. Il avait les cheveux longs et clairs des barbares du Nord. Il jaugea les survivants d'un regard circulaire, la bouche tordue par un rictus goguenard. Puis il brandit son épée au-dessus de sa tête en clamant :

– Je suis Thorgwill, fils de Barquint ! Je suis celui que le peuple attend ! Je suis l'élu !

Il attendit que l'un des autres prétendants relève son défi, mais aucun ne se décidait à le contredire. Avec une moue méprisante, il passa entre eux, fouettant l'air de sa terrible épée :

– Il ne peut y avoir qu'un vainqueur ! Il n'y aura qu'un seul élu… Il faudra donc que vous m'affrontiez, ou que vous repartiez au cœur des souterrains.

L'un des hommes les plus mal en point sursauta violemment.

– Non, s'écria-t-il, pas les souterrains ! Plus jamais les souterrains !

Thorgwill s'approcha de lui avec un sourire cruel :

– Il te reste une solution, l'ami : mesure-toi à moi…

Une autre voix retentit dans le dos du barbare :

– Thorgwill ! Je suis Énon, fils de Berthram le forgeron.

Thorgwill fit volte-face. Un jeune homme à peine sorti de l'adolescence avançait vers lui. Il avait la démarche féline, et son visage était marqué par les récentes épreuves. Il avait lui aussi l'épée à la main, mais son attitude n'était pas hostile. Il secoua la tête :

– Es-tu certain que plus aucune épreuve ne nous attend ? Crois-tu que l'heure de l'affrontement final est venue ?

Thorgwill éclata de rire en désignant l'arène d'un large geste :

– Vois par toi-même, jeune Énon…

Il pointa du doigt l'Empereur-Mage, qui les observait depuis son trône d'onyx :

– L'Empereur-Mage s'est déplacé en personne pour découvrir celui qui lui succédera.

Thorgwill détourna son regard :

– Il est temps, à présent.

Joignant le geste à la parole, il recula prestement et se mit en position de combat. Énon leva son arme à son tour :

– Soit, dit-il, puisqu'il le faut…

Déjà, les autres concurrents s'apprêtaient à bondir au cœur de la mêlée. Thorgwill émit un cri de guerre et s'élança. Aussitôt, tous les autres entamèrent leur danse de mort et de sang.

L'Empereur-Mage porta un index à ses lèvres. Il secoua la tête avec agacement.

– Les imbéciles, souffla-t-il.

Il serra à nouveau les mâchoires, tandis que sous ses yeux les survivants s'entre-déchiraient dans un concert de hurlements.

Bientôt, il n'y eut plus au milieu de l'arène qu'un seul homme. Thorgwill avait vaincu. Le colosse se tenait fièrement cambré dans une posture de défi. Il leva son arme vers la voûte et hurla :

– Je suis Thorgwill, fils de Barquint ! Je suis l'élu !

Il se tourna vers l'Empereur-Mage avec un rictus méprisant :

– C'est fini, vieil homme. Je viens prendre mon dû…

Le souverain n'avait toujours pas bougé. Il croisa calmement ses mains sur son ventre, contemplant un moment ses longs doigts d'un œil distrait. Puis il dévisagea Thorgwill, plongeant son regard de feu dans les yeux du barbare :

– Penses-tu vraiment avoir passé toutes les épreuves, mon impétueux ami ?

Thorgwill écarquilla les yeux, tourna la tête en tout sens.

– Oui…, finit-il par balbutier. Je… C'est fini ! J'ai… j'ai gagné !

Il avait martelé les derniers mots comme pour mieux s'en persuader.

L'Empereur-Mage se contenta d'effectuer un petit signe de la main.

Là-bas, de l'autre côté de l'arène, une grille se releva dans un grincement d'acier.

Thorgwill s'ébroua, comme pour échapper à ce cauchemar éveillé puis il se campa sur ses jambes et attendit. Ce n'était pas fini…

Des grondements sourds s'élevèrent des ténèbres. On distinguait des claquements de mâchoires avides.

Alors Thorgwill *les* vit. Et il sut que tout était perdu.

Il ne laissa pas échapper la plus petite plainte quand les monstres se jetèrent sur lui.

Effondré, le grand prêtre se tourna vers l'Empereur-Mage :

– Encore échoué, Majesté.

– Tu as vu comme moi, mon pauvre Arh'En Dal : ceux-là étaient trop stupides pour vaincre…

– Peut-être avaient-ils seulement besoin de reprendre leurs esprits ? S'ils avaient eu le temps de se concerter…

L'Empereur-Mage secoua la tête :

– Ils étaient leurs pires ennemis, Arh'En Dal. Ne se sont-ils pas entre-tués ?

Déjà, les dignitaires quittaient les arènes, le visage grave, les épaules affaissées. Arh'En Dal leva les bras au ciel, implorant :

– Quand viendra donc le jour où un champion réussira l'épreuve ?

L'empereur ne l'écoutait plus. Il s'était dirigé vers une des fenêtres du donjon et scrutait l'horizon.

Arh'En Dal s'approcha, sa voix tremblait de colère :

– Votre Majesté…

– Oui, Arh'En Dal ?

– J'aimerai participer à la sélection des champions.

L'Empereur-Mage resta un long moment silencieux. Il finit par répondre sans se retourner :

– Va donc, mon vieil ami. Va. Si tu penses pouvoir trouver l'élu…

2

Alaren travaillait depuis des heures sous le soleil, maniant sans relâche sa faux, couchant les blés mûrs. À ses côtés, les hommes et les femmes du village s'activaient de concert : la saison des pluies s'annonçait, il fallait faire vite. Bientôt, les champs se transformeraient en marécages, les chemins en torrents de boue…

Harassé, Alaren s'accorda une pause. Il saisit sa gourde de cuir et but de longues gorgées de vin tiède. Quelques gouttes de sueur irritèrent ses yeux. Il grimaça et s'épongea le visage, soucieux. Il y avait encore tant à faire…

Il se redressa et s'étira en gémissant. Il souffrait de courbatures, lui, l'ancien soldat de la garde impériale ! Éliara, sa femme, releva la tête.

Alaren se contenta de lui adresser une mimique désolée. Depuis qu'il s'était retiré dans son village natal, il avait eu bien des soucis. Il regrettait amèrement d'avoir entraîné sa famille loin de la capitale. Éliara s'approcha de lui et but à son tour.

– Je n'ai pas vu Kaylan, ce matin…, murmura-t-elle.

– Ce bon à rien, l'interrompit Alaren, il court les filles !

Alaren n'acceptait pas que son fils unique ne partage pas son amour de la terre. L'adolescent était né en ville, il avait grandi à la capitale et ne s'était jamais adapté à la campagne. Il avait sympathisé avec le forgeron du village, dans le seul but d'accéder au râtelier d'armes. Depuis quelques mois, il s'entraînait à leur maniement jour et nuit, délaissant totalement sa famille.

Éliara posa doucement une main sur l'épaule de son époux :

– Il finira par comprendre, il reviendra…

Alaren sentit monter en lui une bouffée de colère.

– N'y songe même pas ! C'est une tête brûlée, un chien fou ! Il n'aura pas de cesse qu'il ne nous quitte pour aller courir les chemins. Il est insolent, égoïste, il est…

Éliara le serra dans ses bras. Elle savait la détresse de son mari. Alaren inspira longuement avant de poursuivre d'une voix étranglée :

– Comme je l'étais à son âge…

Il baissa la tête, s'empara de sa faux et coucha les épis à pleines brassées. Il s'en voulait d'avoir trop parlé.

Un cri d'Éliara interrompit le cours de ses réflexions. Tremblante, elle désignait un point, sur les hauteurs de la colline :

– Là ! Ils arrivent ! Ils sont là…

Alaren la saisit rudement par l'épaule :

– Il faut ramasser les outils. Vite !

Il se retourna vers les villageois et mit les mains en cône devant sa bouche :

– Les envoyés de l'Empereur ! À vos maisons, à vos maisons !

Tous refluèrent en désordre, soucieux de se barricader au plus vite.

Les champs furent bientôt abandonnés.

La caravane parvint enfin au bas de la côte. Elle cheminait pesamment, au rythme des bœufs qui tiraient les lourds chariots.

Pendant toute la descente, Arh'En Dal, le grand prêtre de la Lune sombre, avait assisté à la fuite éperdue des paysans.

Assis dans un des chariots, il mesurait la terreur inspirée par leur arrivée. Le lieutenant qui commandait l'escorte s'approcha de sa roulotte et écarta une des tentures :

– Ils fuient, Maître ! Dois-je ordonner à mes hommes de les rattraper ?

Arh'En Dal eut un geste vague :

– Non, c'est inutile. Ils fuient ici comme partout. Et nous ne pouvons le leur reprocher. Ils craignent pour leurs enfants...

Arh'En Dal détestait ce travail ! Il comprenait la douleur des familles des jeunes gens retenus pour l'élection. Il comprenait leur détresse : tous ceux qui avaient été envoyés dans les souterrains avaient disparu...

On disait qu'ils avaient été enlevés par les forces

des Ténèbres, réduits à l'esclavage par-delà les montagnes brumeuses…

Arh'En Dal lui-même commençait à douter. Le Mal gagnait peu à peu du terrain, tandis que le pouvoir de l'Empereur-Mage allait s'amenuisant. Si le monarque venait à disparaître avant que ne soit trouvé l'élu, qui pouvait prédire l'étendue du désastre ?

Le grand prêtre se pencha à l'extérieur de sa roulotte et ordonna de presser le pas. Il était inutile de laisser monter davantage l'angoisse des villageois.

La caravane fut vite sur la place du village. On déploya les attelages en arc de cercle et un héraut s'empressa de lire l'arrêté impérial. La loi l'exigeait : tous les adolescents en âge de tenir une arme devaient se présenter aux prêtres chargés de la sélection. S'ils étaient retenus, ils participeraient à l'élection…

Aucun son ne fit écho au discours du héraut.

Les portes étaient closes, les rues désertes.

N'y tenant plus, le lieutenant aboya un ordre sec, et plusieurs hommes d'armes entreprirent d'enfoncer la porte d'une des habitations. Arh'En Dal les fit cesser immédiatement. S'approchant du lieutenant, il lui glissa d'un ton sifflant :

– Ne vous avisez plus jamais de me faire pareil affront ! Vous me devez obéissance.

Le lieutenant voulut objecter, mais Arh'En Dal le fit taire :

– J'en référerai à l'empereur.

La menace eut raison de la morgue du militaire. Le grand prêtre retourna au centre de la place et s'adressa aux villageois d'une voix puissante :

– Ayez confiance. Nous ne sommes pas venus enlever vos enfants. Je souhaite seulement vous parler. Écoutez-moi.

Le silence retomba sur les lieux. Puis le cliquetis d'une serrure se fit entendre et une porte s'ouvrit. Un homme hirsute apparut dans l'encadrement. Son port fier, son allure, étaient inhabituels pour un paysan.

– Qui es-tu ? demanda doucement le grand prêtre.

– Mon nom est Alaren, répondit l'homme.

Arh'En Dal plissa les paupières. Il fit un effort de mémoire :

– Ton visage ne m'est pas inconnu…

Alaren acquiesça respectueusement :

– J'étais au service de Sa Majesté, voilà quelques années de cela.

– Je m'en souviens à présent. Alors, tu sais pouvoir me faire confiance, Alaren.

– Oui. C'est pourquoi je me présente à vous : pour vous supplier de n'enlever aucun des jeunes gens de notre village. Nous avons trop besoin de bras en ce moment...

– Soit, mon ami. Il en sera ainsi. Seul un volontaire nous accompagnera, si toutefois il s'en trouve un parmi vous...

Alaren secoua la tête :

– Je doute fort que l'élu se trouve dans notre village. Nous ne sommes que de pauvres paysans.

À cet instant, une voix s'éleva derrière le grand prêtre :

– Et si j'étais l'élu ?

Alaren sursauta : Kaylan, son fils unique, se tenait debout au côté du grand prêtre. Alaren tendit une main hésitante vers le jeune homme :

– Kaylan... Tu... Mon fils, tu n'es pas sérieux ?

Arh'En Dal n'osait intervenir. Il détaillait le jeune homme. Il était athlétique et son corps musculeux contrastait étrangement avec la finesse de ses traits. Il souriait tranquillement :

– Si, père : tu le vois !

– Ce n'est pas possible, Kaylan ! Ne fais pas cela ! Tu… tu vas à la mort !

Ému, le grand prêtre toucha le bras du jeune homme :

– Ton père a raison, mon enfant. Tu dois savoir les risques encourus avant de te lancer dans une telle aventure…

Mais Kaylan ne l'écoutait pas. Il rejoignit en quelques enjambées la porte de la maison et enlaça tendrement sa mère. La malheureuse ne savait que faire. Il se garda de croiser son regard et entra dans la demeure, pour en ressortir presque aussitôt, un sac de cuir à la main. Il avait ceint sa taille d'une longue épée. Il avait la mine réjouie des enfants qui viennent d'accomplir une bonne farce. Son père s'interposa :

– Tu ne peux pas, Kaylan. Tu ne te rends pas compte ! Je connais le métier des armes, et…

– Ma décision est prise, père, coupa Kaylan.

Il leva la main qui tenait fermement le sac de cuir.

– Tu vois, poursuivit-il, je m'étais préparé. J'attendais la venue des envoyés de l'empereur.

Il se pencha et embrassa son père :

– Ne t'en fais pas. Je vais surmonter les épreuves. Tu n'auras plus jamais à travailler…

Au comble de la détresse, Alaren ne trouvait plus ses mots.

– Je sais ce que tu ressens, murmura Kaylan. J'ai mal, moi aussi, mais…

Il releva la tête et son regard se perdit un instant au-dessus de la ligne sombre des collines des alentours.

– J'étouffe, ici. Je…

Il se dépêcha de rejoindre l'escorte. D'une voix ferme, il conclut :

– Je dois essayer.

La caravane s'ébranla et quitta le village. Arh'En Dal observait à la dérobée l'adolescent trop sûr de lui : Kaylan avançait d'un bon pas, sa démarche était souple. Il paraissait solidement bâti, mais cela suffirait-il à le maintenir en vie ?

Arh'En Dal sursauta soudain et se mordit les lèvres. La vision du jeune Kaylan, gisant sans vie au milieu des souterrains, venait d'apparaître devant ses yeux…

3

À quelques lieues de là, la caravane bifurqua sur un sentier qui s'enfonçait à travers la forêt et fit halte dans une clairière accueillante. Les soldats eurent tôt fait de dresser le campement pour la nuit.

Arh'En Dal se sentait tiraillé entre son devoir – il fallait trouver l'élu, assurer la succession du monarque régnant – et une certaine forme de dégoût. Il s'en était ouvert à Kaylan dès le premier soir.

– Je suis heureux que tu te sois porté volontaire, avait-il dit au jeune homme. Mais si, pour une raison ou pour une autre, tu regrettes ton choix, tu es libre de partir.

Kaylan ne voulait rien entendre. Il préférait se laisser griser par ce sentiment nouveau, curieux mélange de liberté et de puissance.

Des soldats, jeunes eux aussi, étaient venus lui parler. Ils le dévisageaient avec insistance, cherchant à déterminer la part de courage et d'inconscience dans ce qui le poussait à agir. Il avait sympathisé avec deux d'entre eux, qui acceptaient de s'entraîner avec lui. Ainsi, à la nuit tombée, Kaylan maniait l'épée des heures durant. Il dansait, l'arme au poing, dans les lueurs des flammes du feu de camp.

Tard dans la nuit, il finissait par s'effondrer sur sa couche, les muscles endoloris, le cœur battant la chamade, le sourire aux lèvres. Il dormait alors profondément, d'un sommeil sans rêves.

La caravane progressait par étapes courtes, un jour ici, un autre ailleurs. Elle investissait une place, le héraut énonçait le décret, et l'on repartait aussitôt.

Arh'En Dal faisait grise mine. Depuis deux semaines que Kaylan avait rejoint leurs rangs, il n'avait enrôlé qu'une dizaine de candidats.

Dans les rangs des soldats, la tension montait au fil des jours, et Kaylan éprouvait parfois le besoin de se retrouver seul. Il marchait à l'écart, choisissait une petite clairière et mimait d'interminables combats contre des adversaires imaginaires.

C'est ainsi qu'un soir il fit la connaissance de Sheelba.

La jeune femme était partie en forêt pour cueillir les herbes de lune nécessaires à la préparation de ses potions. Attirée par la lumière d'un feu de camp, elle s'était approchée à pas de loup… et avait assisté à la surprenante pantomime de Kaylan. Le jeune homme, inconscient d'être observé, bondissait dans les ombres, sautait d'un pied sur l'autre, virevoltait sans cesse en moulinant comme un diable. Son épée traçait dans les airs un ballet de mort fascinant. Épuisé, il finit par se laisser glisser à terre, le dos appuyé à un chêne centenaire.

Sheelba s'approcha, ombre parmi les ombres.

– Bel effort, lança-t-elle avec un petit rire mutin.

Kaylan hoqueta de surprise. Il se redressa d'un bond, l'épée en avant.

– Tu n'as rien à craindre... chevalier. Si j'avais voulu te tuer, tu serais mort à présent.

La voix semblait jaillir de nulle part. Elle était juvénile et séduisante... Était-ce là une dryade, une de ces créatures ensorceleuses qui hantaient les forêts ?

– Pose ton arme sur le sol si tu veux me voir.

Il hésita. La voix était douce et calme. Il choisit de lui faire confiance, et déposa son épée à ses pieds :

– C'est bon. Tu peux te montrer.

Alors elle apparut devant lui. Kaylan en demeura bouche bée. C'était la plus jolie jeune femme qu'il lui ait été donné de voir. Son sourire étincelait dans l'ombre et ses cheveux d'or semblaient attirer les rayons de lune.

– Je m'appelle Sheelba, dit-elle.

– Je... moi, c'est Kaylan, bredouilla-t-il.

Il se ressaisit aussitôt en se maudissant de sa gaucherie. Il s'éclaircit la voix et reprit plus posément :

– Je voyage avec le grand prêtre de la Lune sombre. Je suis un des champions retenus pour passer l'élection...

Elle sembla intéressée :

– Tu veux dire que tu fais partie de ces inconscients qui vont se livrer aux griffes des monstres ?

Kaylan haussa les épaules. Il se pencha pour ramasser son arme et la rengaina :

– Non. Moi, j'ai une chance de réussir. Je serai le nouvel Empereur-Mage !

Elle le fixait intensément, mi-amusée, mi-peinée :

– Et comment peux-tu être aussi sûr de toi, fringant guerrier ?

– Joins-toi à nous, et tu comprendras.

Il fit volte-face et s'éloigna en direction de la caravane. Un moment, Sheelba hésita à le suivre, mais elle repartit vers son village.

Elle se ravisa en chemin, et ses pas la menèrent jusqu'aux sentinelles qui veillaient sur la caravane.

– Mon nom est Sheelba. Menez-moi au grand prêtre...

Kaylan vit avec plaisir que la jeune femme avait rejoint la caravane. Il ne laissa pourtant rien paraître, la surveillant du coin de l'œil. Sheelba fut emmenée sous bonne escorte à la roulotte de Arh'En Dal.

Quand enfin elle reparut, elle souriait. N'y tenant plus, Kaylan s'avança vers elle :

– Alors, la belle, tu t'es décidée à nous suivre ?

Elle leva sur lui son regard azuréen.

– Je ne vous suis pas, je vous accompagne, rectifia-t-elle.

Kaylan accusa le choc :

– Tu… tu veux dire que…

Elle hocha la tête, affirmative :

– Oui, grand guerrier. Moi aussi, je vais tenter ma chance à l'élection.

Elle lui tourna le dos et s'engouffra dans une roulotte. Elle en ressortit avec une couverture, puis elle s'allongea et ne tarda pas à s'endormir.

Grand guerrier…

Kaylan détestait l'ironie avec laquelle elle avait prononcé ces mots…

– Pouvons-nous parler un moment tous les deux ?

La voix d'Arh'En Dal était douce, mais Kaylan avait sursauté. Perdu dans ses pensées, le jeune homme n'avait pas entendu le grand prêtre approcher. Celui-ci fit mine d'hésiter, puis plongea son regard dans celui de Kaylan :

Je suis venu te parler de cette jeune femme qui s'est présentée à nous tout à l'heure.

– Oui ?

– Elle nous a avoué t'avoir rencontré dans la soirée. Vous avez échangé quelques mots…

Arh'En Dal insista d'une voix grave :

– J'aimerais être certain que ce n'est pas toi qui l'a poussée à nous rejoindre…

– Moi ? Je ne lui ai rien dit !

Arh'En Dal esquissa un sourire :

– Elle est très jolie…

Kaylan émit un grognement et se renfrogna : ce diable d'homme lisait en lui comme dans un livre ! Arh'En Dal ajouta, conciliant :

– Si tel était le cas, je souhaiterais que tu l'avoues dès à présent. Je ne veux entraîner dans cette aventure que des jeunes gens volontaires.

Kaylan laissa fuser un rire moqueur :

– Et quand bien même la donzelle serait volontaire, il y a fort à parier qu'elle réalisera bientôt quels dangers l'attendent !

Il se voulait railleur, mais sa voix grinçait.

Arh'En Dal sourit plus largement :

– Ce que je veux dire, Kaylan, c'est que tu devras combattre pour rester en vie. Tu ne pourras pas jouer les gardes du corps…

Kaylan resta songeur un moment. Il se tourna finalement vers le grand prêtre, une ride soucieuse barrant son front :

– Tu penses que je devrais la dissuader de nous suivre ?

Arh'En Dal secoua la tête :

– Non, pas du tout. Sheelba a un caractère très affirmé. Elle travaille au service d'une magicienne, qui s'est établie dans un village à une demi-lieue d'ici. Elle… s'ennuie. Elle pense que la magie peut lui permettre d'aller au bout de l'épreuve…

– Je ne le pense pas : je le sais ! Je veux être l'élue !

Kaylan sursauta. Sheelba les avait rejoints. Devant le silence du grand prêtre, elle poursuivit tranquillement :

– Je veux me battre. Je sais commander aux éléments… Mes sorts ne sont pas destinés à préserver quelques troupeaux ou à impressionner des paysans. Non, la magie vaut bien plus que cela ! Bien utilisée, elle pourrait…

Elle toisa les deux hommes :

– Elle pourrait mener un mage au succès !

Un éclat de rire retentit de l'autre côté du feu :

– Bravo, la belle ! Et tu séduiras sans doute tes adversaires avec ton beau sourire ?

Sheelba fit volte-face et dévisagea l'homme qui la considérait, goguenard. Elle se cabra :

– Que veux-tu dire ?

L'homme la regardait avec un rictus méprisant. Il fut rejoint par deux autres guerriers au physique imposant. Avec une lenteur calculée, il dégaina son glaive et le présenta au-dessus des flammes. La lame accrocha des éclats de lumière.

– Je dis simplement que ce bel acier fera plus que tes sorts de magicienne de village…

Sheelba sourit à son tour. Elle interrogea Arh'En Dal du regard. Le vieil homme l'encouragea d'un signe de tête. Alors elle s'éloigna du feu de camp et fit face aux trois hommes :

– Messieurs… À nous !

Le premier guerrier s'inclina en une parodie de révérence :

– Mon nom est Jaris, et voici mon cousin, Durlïn.

Le troisième homme fit un pas en avant :

– Je suis Ferlon.

La jeune femme renversa la tête en arrière et prononça quelques paroles gutturales en exécutant une curieuse pantomime. Ses doigts semblaient cueillir des éléments invisibles devant elle et les agencer subtilement. Ses yeux se révulsèrent. Soudain, elle poussa un cri et lança ses mains en avant.

Des projectiles enflammés jaillirent de ses doigts et plongèrent en tourbillonnant vers les trois hommes, qui n'eurent que le temps de se jeter au sol. Déjà, Sheelba psalmodiait une incantation. Elle tendit une main vers Ferlon, qui se figea, les yeux écarquillés. Il voulut crier, mais en fut incapable. Il lutta un instant, puis il s'affaissa, inconscient.

Jaris se rua sur la magicienne. Celle-ci, sans même le regarder, tendit son autre main, paume ouverte. Le guerrier fut soulevé du sol et violemment propulsé en arrière. Il s'effondra et demeura inerte. Durlïn tenta d'atteindre la jeune femme tandis qu'elle entamait une nouvelle incantation. Il n'en eut pas le temps. Le sol trembla sous ses pieds, lui faisant perdre l'équilibre. Il chuta lourdement.

La terre se mua en boue sous lui, et parut s'ouvrir pour le happer. Il glapit de terreur, mais ne parvint pas à échapper à l'horrible succion qui l'attirait inexorablement vers les profondeurs…

– Assez !

La voix de Arh'En Dal avait tonné. Sheelba se détendit. Elle resta une seconde hébétée, les paupières papillonnant. Elle tituba et porta la main à son front :

– J'espère que la démonstration vous aura…

Elle n'acheva pas sa phrase et glissa au sol, évanouie.

Arh'En Dal secoua la tête, peiné :

– Et voilà : un mage débutant ne sait pas gérer son énergie vitale. Il puise inconsidérément dans ses ressources, et s'effondre, épuisé.

Kaylan s'approcha de Sheelba. La jeune femme était livide et respirait avec difficulté. Il la souleva doucement dans ses bras et la porta jusqu'à sa couverture. Avec d'infinies précautions, il l'allongea et la recouvrit. Dans son dos, la voix de Jaris retentit :

– Alors, c'est tout ? Elle était là, inconsciente, à la merci d'une simple dague…

Kaylan se redressa et toisa le guerrier :

– Ne vous a-t-elle pas suffisamment remis à votre place ?

Jaris haussa les épaules :

– Nous avons gagné. J'aurais pu lui trancher la gorge…

– Qu'est-ce qui t'en empêche ?

La voix de Kaylan était lourde de menaces.

Jaris le regarda, surpris, puis il éclata de rire :

– Ah ! Le guerrier a succombé au charme de notre amie !

Il tourna les talons, méprisant. Kaylan blêmit et serra les poings. Arh'En Dal intervint aussitôt et lui posa doucement une main sur l'épaule :

– Ça suffit. Inutile d'envenimer la situation.

Il entraîna le jeune homme vers le feu de camp.

Ils se perdirent pour un long instant dans la contemplation des flammes qui bondissaient vers le ciel étoilé.

Le jeune homme rompit le silence le premier :

– Elle semble avoir de la volonté…

– Oui, murmura Arh'En Dal, pensif. Mais il faut tellement plus pour survivre aux dangers de l'élection…

4

Depuis quelques jours, Arh'En Dal évitait tout contact avec ses hommes et se réfugiait le plus souvent dans sa roulotte. En dépit de son mutisme de façade, le vieil homme enrageait : lui, le grand prêtre de la Lune sombre, il n'avait pu réunir qu'une poignée d'adolescents inconscients ! Pire encore, il allait les envoyer à la mort, il en était certain !

Il poussa un long soupir. Il se sentait si vieux, si las !

L'Empereur-Mage lui aussi se faisait vieux. Bientôt, il ne trouverait plus la force de s'opposer aux hordes monstrueuses qui se réunissaient derrière les montagnes brumeuses…

Le monarque s'épuisait à lancer des sortilèges protecteurs. S'il venait à disparaître avant qu'on ait pu lui trouver un digne successeur, qu'adviendrait-il de l'empire ? Les forces du Mal déferleraient en une houle immonde, ne laissant sur leur passage que cendres et larmes…

Arh'En Dal étouffa un cri de rage.

Non, ce n'était pas possible. Il trouverait l'élu !

Il sortit de sa roulotte à la nuit tombée et entreprit de faire le tour du campement. Tous les concurrents dormaient. Se pouvait-il que l'élu soit là, parmi ces adolescents ? Si tel était le cas, il devrait s'empresser de lui communiquer une partie de son savoir pour lui permettre de traverser les épreuves sain et sauf ! Mais le temps manquait cruellement, et Arh'En Dal devait se l'avouer : il était bien en peine de désigner l'un des jeunes gens…

Kaylan, le guerrier, possédait certes la science des armes, mais saurait-il l'utiliser face à de véritables adversaires ? Il n'était encore qu'un élève sérieux, tout juste capable de pourfendre des ennemis invisibles, issus de son imagination. Quand son épée devrait trancher dans les chairs des monstres, sa main ne tremblerait-elle pas ?

Il y avait Sheelba : l'apprentie magicienne connaissait des charmes puissants au terrible pouvoir destructeur... Mais ces sortilèges lui demandaient une débauche d'énergie considérable, qui la jetait au sol, épuisée, la tête douloureuse, suffoquant comme une naufragée... Comment pourrait-elle, dans ces conditions, affronter des ennemis jaillissant de toutes parts ? Elle périrait sous le nombre, c'était inévitable !

Tout comme Perlæ, l'autre mage, et son compagnon Letto, un vagabond au sourire enjôleur. Il y avait aussi Jaris, et Durlïn, tous deux originaires des steppes désertiques. Et Aronen, le guerrier barbare, et Ferlon, le coureur des plaines...

Tous s'étaient spontanément présentés à Arh'En Dal. Le vieil homme aurait tant voulu déceler en eux l'étincelle, le signe de l'élu...

Cette nuit-là, Arh'En Dal dormit mal.

Au matin, la caravane reprit le chemin de Selenæ.

L'incident eut lieu tandis qu'elle traversait un hameau situé à une demi-journée de marche de la capitale.

Alors que le convoi passait tranquillement au milieu des habitations, une clameur s'éleva.

Les portes de l'unique auberge s'ouvrirent avec fracas sur un groupe d'individus éméchés. Ils s'étaient saisis d'un jeune homme qu'ils portaient au-dessus de leurs têtes comme un vulgaire ballot de paille. Le malheureux ne se débattait pas, mais ses yeux lançaient des éclairs. Arh'En Dal reconnut immédiatement son large manteau à capuche : c'était un de ces vêtements amples, particulièrement appréciés par les voyageurs… et les voleurs de la guilde des mendiants de Selenæ.

Avisant la caravane, l'un des hommes cria :

– Là ! Les roulottes des recruteurs ! Livrons-leur le prisonnier !

Arh'En Dal mit pied à terre et se dirigea vers la meute.

– Que se passe-t-il ici ? demanda-t-il sèchement.

Une véritable cacophonie s'ensuivit. Les hommes répondaient tous ensemble, parlant fort, gesticulant. Arh'En Dal dut lever les bras pour obtenir le silence :

– Ça suffit ! Vous êtes en présence d'émissaires de l'Empereur-Mage !

Le silence revint. Arh'En Dal poursuivit sur un ton glacial :

– Expliquez-vous à présent !

Un colosse, qui dépassait ses compagnons d'une bonne tête, s'avança :

– Faut nous pardonner, mon seigneur. On n'a pas l'habitude de rencontrer des gens comme vous par ici...

Il ôta son chapeau et le pétrit nerveusement de ses larges mains :

– Je suis Retian Dhor, l'aubergiste, dit-il en exécutant une révérence grotesque.

Il désigna du menton le prisonnier :

– Et ce... vaurien-là s'est amusé à faire les poches de mes clients.

Arh'En Dal hocha la tête :

– Mmmh... Et qu'avons-nous à voir dans cette affaire ?

– Ben... Sauf votre respect, mon seigneur, nous, on allait le pendre sur la place. Mais on vous a aperçu, et... on s'est dit comme ça que vous pourriez tout aussi bien l'emmener avec vous et l'envoyer dans les souterrains !

Le voleur voulut saisir l'opportunité pour s'exprimer, mais une main se plaqua sur sa bouche, le réduisant au silence. Une pluie de gifles et de coups de poing s'abattit sur le prisonnier, qui se protégea en repliant les bras devant son visage. Excédé, Arh'En Dal rugit :

– Assez ! Quoi qu'ait pu faire cet homme, il ne mérite pas qu'on l'écharpe de la sorte !

Un cri s'éleva du groupe furieux :

– Alors prenez-le ! Faites-le entrer dans la gueule du Dragon !

Arh'En Dal sursauta comme sous la morsure d'un serpent invisible.

– Qu'as-tu dit ? murmura-t-il.

La voix reprit :

– J'ai parlé de… de *la gueule du Dragon*, mon seigneur. C'est ainsi qu'on a baptisé la dernière épreuve de l'élection.

Arh'En Dal passa la main sur son visage fatigué :

– Soit, nous allons l'emmener. Il sera soumis aux épreuves…

On enchaîna le voleur et on le jeta à l'arrière d'une roulotte.

Sheelba s'était approchée discrètement. Elle frissonna en découvrant la flamme qui dansait dans les prunelles du jeune homme taciturne.

Le convoi s'ébranla à nouveau. Il n'avait pas encore quitté le hameau qu'un homme s'approcha de l'attelage et, écartant prestement le rideau qui masquait le prisonnier, tenta de le poignarder. Kaylan fut plus rapide et, d'une bourrade énergique, il désarma l'assaillant. Livide de colère, l'homme cracha au visage du captif.

Le voleur fixa son agresseur sans ciller, serein. Le villageois, cédant à un accès de rage, se mit à débiter un chapelet d'insanités.

Sur un ordre d'Arh'En Dal, les soldats éloignèrent l'importun sans ménagement et la caravane se remit en route.

Le prisonnier adressa un clin d'œil à Kaylan :

– Merci, l'ami. Mon nom est Shaar-Lun.

– Je m'appelle Kaylan, et je ne suis pas ton ami.

Shaar-Lun hocha la tête, pensif. Il resta silencieux pendant le reste du chemin. Kaylan le surveillait à la dérobée : il s'était enroulé dans les replis de son manteau. À aucun moment, le voleur ne se départit de son flegme ni de son énigmatique sourire.

Quand vint l'heure de dresser le camp pour la nuit, on le fit descendre de sa roulotte et on l'installa près du feu. Tous les champions s'y étaient réunis et devisaient gaiement sans lui prêter attention.

Des gardes s'approchèrent du captif.

– En voilà un qui a bien peu de chances de parvenir au bout de l'épreuve, grinça l'un d'eux.

Shaar-Lun ne releva pas l'insulte.

Le grand prêtre prit la parole :

– Ainsi, Shaar-Lun – ou quel que soit ton nom – tu appartiens à la guilde des mendiants de Selenæ ?

Le vagabond regarda Arh'En Dal sans aménité. Ce dernier soutint son regard et poursuivit sur un ton égal :

– Parle-moi donc un peu d'eux…

– Il n'y a rien à dire que vous ne sachiez déjà, mon seigneur…

Arh'En Dal hocha la tête et désigna d'un geste large tous ceux qui les entouraient :

– Tes… compagnons brûlent certainement d'en apprendre davantage à ce sujet.

Shaar-Lun considéra un moment les flammes du foyer, puis il inspira longuement :

– J'ai appartenu en effet à la guilde des mendiants de Selenæ, mais j'en suis parti pour des raisons… personnelles.

Il leva les yeux vers Arh'En Dal :

– Et vous devez savoir, mon seigneur, que la seule règle que doit respecter un membre de la guilde est celle du silence…

Le grand prêtre acquiesça :

– Soit. Puisqu'il en est ainsi, tu me permettras de faire les présentations. N'hésite pas à me reprendre si tu notes quelque erreur.

Shaar-Lun ignora la raillerie des propos et concentra son attention sur les flammes du foyer. Arh'En Dal s'éclaircit la gorge :

– La guilde des mendiants regroupe en son sein tout ce que la capitale compte de voleurs, de brigands et d'assassins. On les craint, et jamais personne n'a pu les localiser. Les plus folles légendes courent à leur sujet : on les dit plus nombreux que les soldats qui composent l'armée de l'Empereur-Mage ; on raconte que leur chef n'est pas humain, qu'il évolue dans les ténèbres, qu'il peut se matérialiser et disparaître à volonté, que l'ombre est son alliée. On leur accorde toutes sortes de pouvoirs surnaturels…

Un silence lourd retomba sur le campement. Jaris cracha sur le sol :

– Et on voudrait bien voir celui-là participer à l'élection !

Arh'En Dal ne répondit pas. Il dévisageait avec insistance le voleur :

– Je sais qu'on ne retourne pas à la guilde après l'avoir quittée. L'élection est peut-être pour toi une chance inespérée…

Shaar-Lun leva vers lui un regard interrogateur. Arh'En Dal sourit :

– Fais preuve de sérieux, de loyauté, et je te laisserai choisir ton destin. Viens avec nous, participe aux entraînements, accepte les règles… Montre-toi digne de ma confiance, et tu retrouveras ta liberté.

Shaar-Lun resta silencieux un moment, puis signifia son assentiment d'un rapide mouvement de tête.

Jaris intervint à nouveau :

– Je ne sais pas ce que ce voleur est capable de faire, mais je ne lui tournerai jamais le dos !

À ces mots, Shaar-Lun leva ses mains entravées en un petit geste comique, à la manière des montreurs de marottes qui amusaient les enfants dans les foires :

– N'ayez crainte, compagnons, n'ayez crainte ! S'il ne s'agit que de survivre, je peux vous en apprendre bien plus que vous n'imaginez…

Kaylan observait le prisonnier attentivement : comme lui-même, il était jeune encore, mais ses traits étaient plus marqués. Il semblait moins athlétique que lui, mais il devait pouvoir faire preuve de résistance, et était probablement doté d'une grande souplesse… Plus que tout, on devinait chez lui une absence totale de crainte, un mépris du danger qui fascinaient.

– Tu n'as donc pas peur de la mort ? lui demanda le jeune guerrier.

Shaar-Lun se tourna vers lui, l'examinant comme s'il l'apercevait pour la première fois :

– La mort… Vaste sujet ! Pour craindre une menace, il faut avoir quelque chose à perdre. Ce n'est plus mon cas depuis longtemps déjà.

Sa voix était sourde, curieusement dénuée de tout sentiment. Sans un mot de plus, il releva sa capuche et se masqua le visage.

La caravane atteignit enfin le monastère, dernière étape du voyage. C'était une grande bâtisse, située à l'extérieur des remparts de Selenæ. Un bosquet d'arbres touffus la dissimulait aux regards indiscrets.

Lorsqu'on y réunissait les concurrents pour les préparer à l'élection, la garde impériale surveillait les lieux jour et nuit, se chargeant de disperser les éventuels badauds : les champions devaient pouvoir s'y entraîner en toute sérénité.

Le convoi commandé par Arh'En Dal fut le dernier à rejoindre l'enceinte. D'autres caravanes, envoyées à travers le pays, avaient déposé leurs candidats.

Les prêtres cachaient mal leur déception : ils avaient appliqué à la lettre les consignes de Arh'En Dal et n'avaient pu réunir au total qu'une cinquantaine de volontaires. Autrefois, ils étaient plusieurs centaines à se présenter, chacun mû par espoir de devenir Empereur-Mage. Aujourd'hui…

Ils n'étaient plus qu'une poignée.

Kaylan vit Sheelba s'éloigner avec le groupe des mages. Il n'ignorait pas qu'elle avait peu de chances d'atteindre la première épreuve. Les moines sorciers étaient intransigeants, ils demandaient l'excellence…

Avant de disparaître dans le bâtiment, Sheelba fit volte-face et chercha le guerrier des yeux. Il lui adressa un signe de main complice, auquel elle répondit par un sourire triste.

Kaylan détourna la tête et rejoignit la cohorte des guerriers.

La véritable sélection commençait.

Il restait si peu de temps avant l'épreuve…

5

Comme chaque matin, le fracas des armes résonnait dans la cour du monastère. Les guerriers bondissaient, virevoltaient, attaquant et parant inlassablement. Les lames s'entrechoquaient dans des gerbes d'étincelles, les boucliers résistaient aux charges toujours plus furieuses… Les éclats du combat se répercutaient en multiples échos contre les hautes murailles de pierre.

Shaar-Lun s'épongea le front. Kaylan lui accorda quelques secondes de répit. Le voleur avait le souffle court et ruisselait de sueur :

– Tu te méfies toujours de moi, n'est-ce pas ?

Il haletait, et son élocution était difficile. Kaylan répondit gaiement :

– Plus que jamais ! Mais cela ne m'empêche pas d'éprouver de la sympathie… Bien. Assez travaillé aujourd'hui ! Je ne voudrais pas me blesser et manquer la journée de demain.

Shaar-Lun lui sourit avec reconnaissance.

Ils rengainèrent leurs armes.

Arh'En Dal intervint à ce moment précis. Le grand prêtre s'adressait à l'assemblée de guerriers d'une voix forte :

– Jeunes gens, vous vous êtes tous montrés dignes de la confiance que nous avons placée en vous. Vous vous êtes soumis sans discuter au dur entraînement quotidien, vous avez écouté les conseils des maîtres d'armes… Vos camarades mages ont subi un apprentissage identique dans une autre cour. Eux aussi sont prêts. Le moment que vous attendiez est venu : l'élection commence demain !

Une salve d'applaudissements et de sifflets vint saluer sa dernière phrase. Il attendit patiemment d'obtenir le silence avant de poursuivre :

– Nous nous réunirons ce soir dans la grande salle de travail. À cette occasion, nous répondrons à toutes vos questions… dans la mesure de nos connaissances. Maintenant, il est temps de goûter un repos bien mérité. Profitez de vos quelques heures de liberté avant le repas.

Il les salua de la tête, et fit un petit signe de la main à Shaar-Lun. Ce dernier le rejoignit. Arh'En Dal lui parla à voix basse :

– Tu t'es remarquablement conduit…

Shaar-Lun resta muet, impatient d'en savoir plus. Le grand prêtre prit une profonde inspiration :

– Tu es libre, à présent.

Devant l'air interdit de son interlocuteur, il poursuivit :

– Tu t'es soumis à l'entraînement avec sérieux. Tu as permis à Kaylan de travailler ses passes et ses ripostes… Tu as payé ta dette, Shaar-Lun : je n'ai plus de raison de te retenir. Ce soir, si tu le désires, tu pourras repartir.

Shaar-Lun le fixait, incrédule :

– Partir ? Mais je…

Arh'En Dal l'interrompit :

– Penses-tu vraiment être taillé pour cette aventure ? Tu n'es pas un guerrier, Shaar-Lun : tu es un vagabond, un coureur de chemin. Tu as appris la ruse, le mensonge… Tu es intelligent, séduisant, mais ces qualités ne sont pas celles qui préservent les héros au cœur des souterrains !

Shaar-Lun baissa la tête. Il se perdit un moment dans la contemplation de ses pieds. Quand il se redressa, Arh'En Dal le trouva transfiguré : le jeune homme semblait étrangement calme. Il parla d'une voix très douce :

– Oui, je pourrais partir ce soir. Je retournerais à la capitale, j'y survivrais sans trop de problèmes…

Arh'En Dal acquiesça. Shaar-Lun promena sur la cour son regard délavé :

– Je ne suis définitivement pas un guerrier. Ces rustauds avec qui je me suis mesuré depuis des jours sont puissants et musculeux, c'est un fait. Mais nous appartenons à des mondes différents : ils défendent l'honneur et le courage. Kaylan m'en a même parlé, à moi, qui ne pense qu'à survivre ! Pourtant…

Il fit de nouveau face au grand prêtre :

– Pourtant, je crois que je vais me présenter à l'élection.

Sa voix n'avait pas tremblé. Il faisait preuve d'une détermination qui stupéfia Arh'En Dal :

– Tu… tu es sûr que…

Shaar-Lun eut un geste d'insouciance :

– Je pense posséder quelques talents qui me permettront de passer au travers des pièges…

Il claqua des doigts, et une petite flamme naquit au bout de son index tendu :

– Vous avais-je donc caché mes talents de mage ?

Il éteignit la flamme d'un souffle discret. Devant Arh'En Dal abasourdi, il fit une parodie de révérence et retourna dans la cour :

– Vous en savez tellement peu à mon sujet, mon seigneur…

Quand vint le soir, chacun rejoignit la grande salle du monastère. Ce fut l'occasion pour tous les concurrents de se réunir pour la première fois. On avait dressé une longue table de chêne, sur laquelle un banquet somptueux les attendait.

Kaylan cherchait Shaar-Lun des yeux, mais le vagabond demeurait invisible. Il aperçut Sheelba, et la trouva plus belle que jamais. Il l'aborda, charmeur :

– Alors ? As-tu appris de nouveaux sorts ?

Elle secoua la tête en riant :

– Tu n'y penses pas ! Il faut des années pour assimiler le sortilège le plus simple !

– Pardonne-moi, je… j'ignore tout de la magie…

Elle lui effleura le bras.

– On ne peut pas tout savoir, lui glissa-t-elle à l'oreille.

Elle fronça les sourcils, pencha de côté sa jolie tête et le regarda avec une expression curieuse. Il eut la sensation désagréable de n'être plus qu'un insecte, sous la loupe d'un savant. Il allait bredouiller quelques mots, mais Sheelba fut plus vive :

– Tu n'es pas venu avec ton ami ?

– De qui veux-tu parler ?

– Tu sais bien : ce voleur…

Kaylan ricana :

– Shaar-Lun ? Non. Je ne sais pas où il est. Peut-être a-t-il finalement décidé de ne pas se présenter. Il est si peu doué pour le maniement des armes…

– Peut-être possède-t-il d'autres talents ?

Elle battit des cils et se détourna, le laissant à sa colère. Comment ? Cette jouvencelle lui préférait un vagabond ? Il haussa les épaules et se concentra sur la table et sa théorie de plats.

Arh'En Dal entra et tous les regards convergèrent vers lui :

– Asseyez-vous, mes enfants, prenez place ! L'heure est au repas et à la détente. Nous parlerons plus tard.

Ils s'installèrent autour de l'immense table. Kaylan remarqua, amer, que Sheelba avait choisi de s'asseoir loin de lui. De plus, elle avait réservé une place à ses côtés. Il lutta un instant contre l'envie de se lever pour la rejoindre. Une voix aigre se fit entendre dans son esprit : « Laisse-la donc à ses illusions ! Le vagabond est déjà loin, il ne viendra pas ! Quand tu seras empereur, elle te regardera sans doute différemment ! » Il saisit une coupe de vin et la porta à ses lèvres.

Soudain, la porte s'ouvrit et un murmure réprobateur s'éleva. Le guerrier ne se tourna pas pour voir le nouvel arrivant. Avisant la mine réjouie de Sheelba, il devina de qui il s'agissait.

– Pardonnez mon retard, dit simplement Shaar-Lun.

Il longea la table, passa devant Sheelba sans la remarquer et prit place auprès du grand prêtre. Arh'En Dal l'accueillit chaleureusement :

– Tu es homme de parole, Shaar-Lun. Je me serai donc trompé sur toi jusqu'au bout…

Shaar-Lun ne répondit pas.

– Comment trouves-tu cette table ? lui demanda le vieil homme.

Shaar-Lun esquissa une grimace ironique :

– Très belle, mon seigneur. C'est exactement l'image que je me faisais du dernier repas des condamnés.

Quand ils furent tous rassasiés, Arh'En Dal se leva et prit la parole :

– Vous voici réunis à la veille de l'élection. Certains d'entre vous n'ont pas supporté les entraînements. Des guerriers ont été gravement blessés, des mages se sont épuisés… Vous êtes les derniers, vous avez tout enduré. Vous êtes les meilleurs. Les champions.

Il ménagea un instant de silence avant de continuer :

– Pourtant, il est de mon devoir de vous le dire : bien peu d'entre vous parviendront vivants au terme des prochaines épreuves.

Un frisson parcourut l'assistance. Arh'En Dal poursuivit :

– C'est pourquoi vous êtes encore libres de partir. C'est votre dernière chance : ceux qui seront là demain devront aller jusqu'au bout...

Les jeunes gens s'observaient mutuellement. Ils se jaugeaient, pesaient le pour et le contre. Après un temps de réflexion, certains se levèrent, repoussèrent leur chaise et quittèrent la salle en silence. Ils ne furent bientôt plus qu'une trentaine à rester à table.

Alors Arh'En Dal leur parla longuement. Il leur raconta toutes les années qu'il avait passées auprès de l'Empereur-Mage précédent, le déclin du monarque, l'élection qui avait suivi... Il leur dit son angoisse tandis que les armées des Ténèbres croissaient au-delà des montagnes brumeuses. La voix du vieil homme tremblait de colère ou d'émotion quand les images du passé prenaient vie sous ses yeux.

Enfin, il aborda le mystère de la gueule du Dragon :

– Ainsi a-t-on surnommé l'entrée des souterrains qui courent sous la ville et aboutissent à l'arène. Autrefois, l'Empereur-Mage régnant avait conçu un labyrinthe afin d'éprouver la résistance et la ruse des candidats... Un héros intelligent, faisant preuve de prudence et de réflexion, pouvait parvenir sain et sauf au bout du périple. Hélas ! Depuis quelques années, les forces des Ténèbres ont envahi les souterrains. On dit que les boyaux rocheux sont vivants, qu'ils sont en perpétuelle mutation, qu'ils se referment sur ceux qui osent s'y aventurer... Nos tentatives pour en savoir plus sont restées vaines. Aucun des soldats impériaux qui y sont entrés n'est jamais revenu.

Une vague de terreur s'abattit sur l'assistance médusée : on savait devoir déjouer des pièges, on ignorait qu'on combattrait des démons ! Plusieurs concurrents, cédant à une crise d'angoisse, se levèrent précipitamment et, balbutiant des excuses, quittèrent la pièce. Arh'En Dal ne les blâma pas.

– Je sais que mon récit va instiller le poison du doute et de la peur dans vos esprits, poursuivit-il d'une voix presque inaudible. Mais vous devez savoir ce qui vous attend... On dit que les souterrains se sont métamorphosés en Dragon. Certains restent persuadés que la Bête est là, qu'elle est endormie et que les héros qui foulent le sol du labyrinthe évoluent en fait dans sa gorge. Quand le fracas des combats vient à le réveiller, le Dragon pousse un soupir de mécontentement, et son haleine méphitique tue les malheureux égarés dans son corps…

Le grand prêtre se tut et guetta les réactions.

Kaylan rit avec insouciance :

– Qui pourrait croire à pareils contes ? Quels que soient les démons qui rôdent au fond des souterrains, ils devront d'abord goûter à l'acier de mon épée. On reparlera alors de sortilèges…

Sheelba restait muette. Elle fixait les bûches qui crépitaient dans la cheminée, et crut apercevoir des créatures qui l'observaient. Elle se redressa vivement, mais la vision avait disparu. La jeune femme étouffa un rire nerveux : les histoires de Arh'En Dal l'avaient éprouvée plus qu'elle n'osait l'avouer. Voilà qu'elle voyait des démons partout !

Quelques jeunes gens tentèrent de se rassurer en avançant des explications confuses, mais ce fut Shaar-Lun qui eut le dernier mot :

– À quoi bon nous torturer à l'avance ? Nous verrons bien, sur place, de quoi sont faits ces démons. Si de telles créatures hantent effectivement les souterrains, il faudra se montrer plus rusés qu'elles… ou plus vicieux.

Il avait proféré ses dernières paroles d'un ton sifflant, qui provoqua chez ses auditeurs un profond malaise.

Arh'En Dal sentit que le moment était venu de prendre congé : la tension était à son comble, et il redoutait que les derniers candidats ne décident de rebrousser chemin avant la première épreuve.

– Il est temps pour chacun d'aller prendre quelque repos, dit-il en se levant. La nuit vous portera conseil.

Ils se levèrent et regagnèrent les cellules que les moines avaient mises à leur disposition pour cette dernière veillée. Kaylan, Sheelba et Shaar-Lun se retrouvèrent ensemble, en compagnie de trois autres concurrents, dans une pièce confortable, équipée d'une cheminée dans laquelle brûlait un bon feu. Chacun s'empressa de se rouler dans sa couverture, enfouissant sa tête sous l'étoffe pour ne plus avoir à affronter le regard des autres.

Sheelba ne parvenait pas à trouver le repos. Les yeux rougis de fatigue, elle contemplait les myriades d'étincelles qui jaillissaient du foyer crépitant. Dans un angle de la cellule, Shaar-Lun tournait et retournait sans cesse sa grande carcasse en un sommeil agité. Ses lèvres laissaient fuser des bribes de discours sans suite. Sheelba s'amusa de son trouble : le voleur était-il gagné par la panique à quelques heures de l'épreuve ? Kaylan, pour sa part, dormait paisiblement. La jeune femme regarda le guerrier un long moment. Son torse puissant se soulevait au rythme de sa respiration. Il était serein.

Sheelba le trouva beau. Elle pensa qu'il ferait probablement un bon champion.

Elle réprima un frisson : quelle folie l'avait donc poussée à s'engager dans pareille aventure ? Elle se concentra sur le ballet des flammes.

Demain serait une dure journée.

L'élection commençait…

6

Une fine pellicule de rosée recouvrait les feuilles des arbres quand les champions s'avancèrent dans la forêt. Arh'En Dal les avait réveillés en pleine nuit et menés à la lisière d'un bois. C'était un enchevêtrement de branches basses, de lianes, de fougères épaisses. Une muraille de verdure ténébreuse.

Vingt guerriers et une dizaine de mages s'étaient regroupés autour du grand prêtre. Le visage grave, Arh'En Dal les invita d'un geste à continuer seuls. L'heure était venue…

Les héros n'osaient se regarder. Les traits tirés, le visage fermé, ils crispèrent les mains sur leurs armes et s'enfoncèrent dans le bois. Ici, la lumière perdait ses droits : on n'avancerait plus qu'en se fiant à son ouïe, à son odorat et à son instinct de chasseur.

Sheelba progressait en tremblant. Elle s'ébroua violemment : elle espérait qu'elle grelottait de froid, mais n'en était pas certaine.

Ils avancèrent sur plusieurs centaines de mètres, faiblement éclairés par les halos tremblotants de leurs torches, tâtonnant du pied ou de la pointe de l'épée.

Une vaste clairière s'ouvrit enfin devant eux.

Des blocs de granit grossièrement taillés se dressaient en son centre, comme autant de sentinelles silencieuses. Tandis que les concurrents s'approchaient des silhouettes menaçantes, une peur superstitieuse s'insinuait dans leurs veines et leur glaçait le cœur. Quels démons régnaient sur ces lieux ?

Rien ne bougeait aux alentours, seul le vent léger faisait bruire les branches.

Kaylan ouvrait la marche, l'épée haute. Sheelba contemplait ses larges épaules, son allure déterminée. Le guerrier s'était naturellement imposé comme éclaireur, et aucun des jeunes gens présents ne lui avait contesté ce rôle. « Il se comporte déjà comme le vainqueur », pensa-t-elle. Elle se secoua et s'empressa de lui emboîter le pas.

Elle n'abandonnerait pas aussi vite la partie : elle aussi voulait être l'Élue !

Les roches sculptées formaient un cercle parmi les hautes herbes. Kaylan s'y glissa précautionneusement. La terre souple et ferme étouffait le bruit de ses pas et lui permettait une approche parfaitement silencieuse. Ombre parmi les ombres, il eut tôt fait d'atteindre les monolithes.

La lune déchira le rideau des nuages comme le jeune guerrier atteignait le centre de la clairière. Il blêmit en découvrant les sculptures sur les flancs des menhirs. Des gueules monstrueuses le fixaient de leurs yeux de granit. Les créatures grimaçaient, dardant des langues reptiliennes, les traits tordus en des rictus effrayants.

Kaylan tenta de conserver son calme, mais quelque chose dans ces visages de pierre le mettait profondément mal à l'aise. Il fronça les sourcils, s'avança vers l'une d'elles et l'effleura de ses doigts.

Un frisson glacé lui parcourut l'échine : oui, c'était cela ! Elles… Elles étaient vivantes ! Ce n'était pas des statues ! Il venait de caresser une peau tiède, une écorce palpitante…

– Reculez-vous, cria-t-il à ses compagnons, vite !

Un hurlement s'éleva, qui les figea tous.

Ils virent avec horreur une forme se détacher d'un menhir. Un monstre ailé, cornu, se laissa choir sur le sol dans un bruit sourd. L'un des guerriers hurla de terreur et, lâchant son arme, s'enfuit à travers bois. Ce fut le signal de la débandade : le ventre noué par la peur, ils s'étaient tous mis à courir.

Certains rebroussèrent chemin. Kaylan, après un moment d'hésitation, choisit de s'enfoncer plus avant dans les bois. Il fut suivi par un groupe d'aventuriers affolés. Le désordre le plus total régnait sur la clairière.

Sheelba, les yeux écarquillés, restait pétrifiée devant l'apparition. Elle inspira puissamment et leva les mains en balbutiant une formule magique. Les mots se formaient sur ses lèvres sans qu'elle en prenne vraiment conscience. Elle sentit dans ses bras un fourmillement. Elle tendit les mains en direction de la créature et libéra l'énergie du sortilège.

Des flèches de feu jaillirent de ses doigts, et frappèrent le monstre en pleine poitrine. Celui-ci s'effondra en hurlant de douleur. Il gisait sur le sol, immobile. Des flammèches s'élevaient à l'endroit où il avait été atteint. Sheelba exultait :

– Je l'ai eu ! J'ai gagné !

Une main se posa soudain sur sa bouche, et une poigne ferme la souleva du sol. Elle gémit et rua pour échapper à ce nouvel adversaire. La voix de Shaar-Lun souffla à ses oreilles :

– Ça suffit ! Il faut partir, tout de suite !

Il libéra la bouche de la jeune femme et affermit sa prise sur son bras pour l'entraîner à sa suite. Sheelba, furieuse, se mit à crier :

– Lâche-moi ! Laisse-moi tranquille ! Je l'ai abattu, tu ne vois pas qu'il est mort ? J'ai vaincu le monstre de la forêt !

Il restait sourd à ses suppliques et continuait de l'attirer à l'écart. Alors qu'ils atteignaient le couvert du bois, Shaar-Lun la dévisagea et lui indiqua le cercle des pierres dressées :

– Tu ne comprends pas, haleta-t-il, tu es donc aveugle ?

Sheelba suivit son geste du regard et eut un hoquet de surprise.

Là-bas, les rayons de lune semblaient ricocher sur les pierres levées. Ils frappèrent le monstre, qui sursauta brusquement. La bête s'ébroua, et avec un rire dément se tourna vers eux. Elle se léchait les babines avec un rictus gourmand.

Sheelba, ahurie, secoua la tête :

– Ce n'est pas possible, gémit-elle, il était mort…

Elle voulut bouger, mais ses jambes se dérobèrent sous elle. Son sortilège l'avait éprouvée. Shaar-Lun la prit dans ses bras et plongea dans l'obscurité de la forêt.

La traque ne faisait que commencer.

Shaar-Lun s'épuisa rapidement. Les branches basses lui fouettaient le visage, meurtrissant ses joues et l'obligeant à progresser en aveugle. Blottie dans ses bras, Sheelba l'entendait haleter. À bout de forces, il dut mettre un genou au sol. Il déposa doucement la jeune femme et sourit tristement :

– Désolé ! Je fais un bien piètre garde du corps… Tu aurais dû préférer un guerrier.

Elle passa doucement une main sur sa joue :

– Peut-être, mais c'est toi qui es resté pour me sauver…

Elle n'eut pas le temps d'en dire plus. Des hurlements inhumains s'élevèrent non loin. Shaar-Lun scrutait les alentours, tentant de percer le voile des ténèbres. Des formes immenses s'approchaient dans un épouvantable fracas de branchages brisés. Cédant à la terreur, Sheelba ouvrit la bouche pour crier. Le jeune homme fut plus rapide. Il plaqua sa main sur le visage de sa compagne et se coucha sur elle. Son large manteau les recouvrit tous deux. Shaar-Lun colla son visage à celui de Sheelba et lui souffla à l'oreille :

– Chut ! De grâce, reprends-toi ! Ils vont passer, ils ne nous verront pas…

Elle s'immobilisa. Ils restèrent ainsi, soudés l'un à l'autre, d'interminables secondes. La peur leur nouait le ventre, ils n'osaient plus respirer. Les bruits se firent plus proches, des branches mortes éclatèrent à quelques pas d'eux. Ils pouvaient à présent entendre les grognements des monstres lancés à leur poursuite…

Puis les râles s'éloignèrent.

Shaar-Lun attendit un moment avant de se redresser.

– Ne bouge pas, dit-il simplement, et il disparut à son tour dans la nuit.

Sheelba resta seule. Son cœur battait la chamade et ses mains étaient agitées de tremblements. « Ma pauvre Sheelba, pensa-t-elle, te voilà terrorisée alors que l'épreuve vient à peine de commencer… » Sa tête était douloureuse, ses membres manquaient d'énergie. Pire encore : Sheelba avait pris conscience que ses sorts pouvaient rester sans effet sur certaines créatures…

Un craquement sur le côté la fit sursauter :

– Du calme, la belle, ce n'est que moi.

Elle découvrit avec joie le visage de Shaar-Lun. Le vagabond rayonnait :

– Parfait, déclara-t-il d'un ton satisfait. Nos amis les guerriers ont attiré les bêtes à leur suite. La voie est libre. Nous n'avons plus qu'à partir tout droit par là.

Sheelba se releva lentement. Elle était trop lasse pour chercher à comprendre. Elle s'appuya sur l'épaule du jeune homme et le suivit à travers la forêt.

À ses côtés, elle se sentait en sécurité. Shaar-Lun avait fait la preuve de son intelligence. Ils étaient sauvés. Mais qu'en était-il des autres champions ?

Pour tromper ses poursuivants, Kaylan avait éteint sa torche. Se fiant maintenant à son instinct, il progressait dans le noir absolu. D'autres champions l'avaient imité. Il pouvait entendre leurs respirations douloureuses derrière lui. Les guerriers serraient les dents : il fallait tenir, et ne s'arrêter sous aucun prétexte. Arh'En Dal avait été très clair : cette première épreuve consistait à traverser la forêt.

« Ceux qui parviendraient de l'autre côté du bois gagneraient le droit d'entrer dans la gueule du Dragon… »

Soudain, les cris des monstres retentirent derrière eux. Quelques jeunes gens gémirent de peur et forcèrent l'allure. Kaylan luttait contre l'affolement. Il savait devoir garder la tête froide pour ne pas trembler en cas d'affrontement.

– Regroupons-nous, cria-t-il, nous serons plus forts !

Seul l'écho d'une cavalcade désordonnée lui répondit. Il serra les dents et réitéra sa proposition :

– Rejoignez-moi ! Ensemble, nous pouvons leur tenir tête.

Mais les autres guerriers ne l'écoutaient pas. Pestant et crachant, il reprit son avancée à travers les fourrés. Il déboucha sur une clairière baignée par la lune. Une quinzaine de champions hagards tentaient d'y reprendre haleine. Kaylan se redressa de toute sa taille. Il écarta les bras, brandissant son épée :

– Ça suffit ! Nous avons assez couru. Nous nous épuisons inutilement !

Les jeunes gens tournèrent vers lui des visages hébétés. Ils semblaient ne pas comprendre le sens de ses mots. Kaylan les dévisagea un à un :

– Ainsi, vous êtes les champions qui entendez défier les monstres errant dans la gueule du Dragon ? Je ne vois ici que des pleutres, qui seront bientôt la proie de créatures de la nuit !

Sa voix tonnait dans la clairière. Quelques jeunes gens relevèrent la tête :

– Que proposes-tu, Kaylan ?

– Nous allons faire corps ! Nous allons avancer côte à côte, et trouver un endroit propice pour les affronter.

Il fit un geste circulaire :

– Cette clairière est trop vaste, ils auraient beau jeu de nous harceler de toutes parts. Trouvons vite un endroit plus réduit et formons un carré : les mages se placeront au centre et pourront préparer leurs sorts. Nous autres, guerriers, nous dresserons un rempart de nos armes !

Un frisson parcourut l'assistance. Kaylan avait su dynamiser ses compagnons.

– Suivez-moi !

Il repartit de plus belle, tous les jeunes gens sur les talons.

Ils allaient quitter la clairière quand eut lieu le premier prodige.

Devant eux, les herbes hautes s'entremêlèrent, tressant des cordes épaisses, qui se mirent à claquer dans l'air comme autant de fouets. Les plantes semblaient vivantes et cherchaient à agripper les jambes des champions. Certains d'entre eux ne parvinrent pas à se dégager et chutèrent au sol. Aussitôt, les fougères se refermaient sur eux, les emprisonnant à la manière d'un filet de rétiaire.

De tous les côtés s'élevaient à présent les plaintes des malheureux. Kaylan allait lancer un nouvel ordre quand le second prodige le laissa sans voix.

Des arbres tombèrent des lianes, qui serpentèrent dans leur direction. C'était comme un tapis de reptiles qui grouillaient maintenant aux abords de la clairière. Les racines des arbres jaillirent du sol, douées elles aussi de mouvement. Elles montèrent en ondulant vers les lianes, qui enlaçaient à leur tour des branches mortes. Enfin, les herbes hautes vinrent les rejoindre. Bientôt, une véritable muraille végétale s'éleva devant les guerriers pour leur barrer le passage.

Toute retraite était devenue impossible.

Déjà, dans l'ombre de la forêt, les grognements des monstres se faisaient entendre…

Kaylan leva son épée et frappa la structure de toutes ses forces. Il trancha dans la barrière de verdure et découpa un passage suffisant pour laisser passer un homme. Alors qu'il allait plonger par l'ouverture, un de ses compagnons le bouscula violemment et s'engagea le premier.

Mal lui en prit ! Les lianes, comme animées d'une volonté surnaturelle, se refermèrent autour du malheureux. Il hurla de terreur et tenta de se débattre. En pure perte : en quelques secondes, il fut emprisonné dans une gangue de feuillages. Il geignait, incapable de se dégager. Kaylan jura :

– Sang noir ! Quelle est donc cette nouvelle diablerie ?

Un champion s'avança. Il considéra le cocon tissé autour de son infortuné compagnon et leva son épée :

– Il suffoque ! Vite, il faut le tirer de là !

Il allait frapper, mais Kaylan l'en empêcha :

– Non ! Si tu frappes son enveloppe, tu le blesseras aussi...

L'autre le regardait, incrédule :

– Alors... que faire ?

Kaylan fronçait les sourcils, cherchant en vain une échappatoire. Dans leur dos, des grognements satisfaits retentirent. Les monstres les avaient rattrapés. Le jeune guerrier fit demi-tour. L'heure n'était plus aux hésitations. Il leva son épée, bien décidé à vendre chèrement sa vie.

– Approchez, hurla-t-il, venez donc tâter de mon épée !

Les monstres se tenaient en lisière, masqués par l'obscurité. Ils éclatèrent d'un rire hideux, qui acheva de paniquer certains concurrents.

Plusieurs d'entre eux s'évanouirent et glissèrent sur le sol comme des poupées de chiffons. D'autres restaient bouche bée, incapables de réagir. Kaylan sentit l'imminence de l'attaque. Il vociféra :

– Redressez-vous ! Agissez maintenant, ou vous mourrez sous peu !

Il brandit bravement son épée devant lui.

Ils furent une dizaine à le rejoindre. Quatre mages s'adossèrent à la paroi végétale et fouillèrent dans leurs bourses de cuir pour en extraire les composants nécessaires à leurs sortilèges. Les guerriers, l'œil farouche, levaient leurs armes, prêts à se défendre. Kaylan eut une soudaine illumination.

– Un feu, s'écria-t-il, allumez un feu !

Les mages s'escrimèrent avec leurs briquets. Bientôt, les torches éclairèrent la clairière.

Les monstres restaient toujours tapis dans l'obscurité. Un long moment passa ainsi. On se taisait, on attendait l'assaut.

Un des monstres finit par parler d'une voix grasseyante :

– Rendez-vous ! Vous avez troublé un lieu sacré : prosternez-vous et nous vous laisserons partir... Déposez vos armes en signe de soumission !

– N'en faites rien, s'écria Kaylan, c'est une ruse !

Certains héros hésitaient encore. Kaylan ne leur laissa pas le loisir de fléchir. Une torche à la main, il s'avança.

– Montrez-vous donc, vous qui semblez si forts !

Contre toute attente, il fut accueilli par un tonnerre d'applaudissements en provenance des fourrés. Incrédule, Kaylan balayait le décor du regard. Il vit alors Arh'En Dal apparaître dans la lumière de la lune.

– Bravo, dit simplement le grand prêtre. Bravo à vous tous qui avez su vaincre votre peur !

Kaylan n'en croyait pas ses yeux. Arh'En Dal avançait, tout sourire, sans prêter attention aux monstres qui se dressaient toujours dans la pénombre du bois. Avisant le regard du jeune guerrier, il se tourna vers les créatures :

– La comédie a assez duré ! Présentez-vous !

Les diables cornus s'avancèrent à leur tour sous les rayons de lune. Devant les champions médusés, ils se métamorphosèrent. Ce n'était plus cinq monstres grimaçants, mais cinq vieillards affables qui se tenaient maintenant devant Kaylan. Arh'En Dal sourit de plus belle :

– Laissez-moi vous présenter les druides gardiens de la forêt…

Kaylan ne chercha pas à dissimiler sa fureur :

– Ainsi, tout ceci n'était qu'une mascarade ! Nous ne risquions rien ? Je… je ne sais pas ce qui me retient de…

Arh'En Dal s'approcha de lui et lui posa une main sur l'épaule :

– Je comprends ta colère, mon jeune ami, et je la respecte. Mais tu dois faire l'effort d'accepter la règle de cette première sélection.

Il cherchait ses mots. Sous aucun prétexte le grand prêtre ne voulait être mal interprété :

– L'épreuve que vous venez de subir consiste à faire fuir les lâches. Tous ceux qui ont tourné les talons et nous ont rejoints à l'orée du bois se sont eux-mêmes éliminés. Ils n'étaient pas prêts à entrer dans la gueule du Dragon. De même, ceux qui ont perdu connaissance à l'approche du combat n'en sont pas dignes…

Il fit un geste amical en direction du dernier carré de champions :

– Vous avez brillamment franchi cette première étape. Pour récompenser ceux qui se sont montrés dignes de la suite, nous vous invitons à passer la nuit dans une auberge. Demain, vous serez conduits à la gueule du Dragon…

Kaylan le fixa avec inquiétude :

– Vous voulez dire que nous ne serons qu'une douzaine à tenter l'épreuve ?

– Hélas ! seuls les plus courageux d'entre vous en ont le droit…

Une voix aux accents goguenards retentit dans leur dos :

– Et que faites-vous de ceux qui ont préféré la ruse à la force brute ?

Arh'En Dal sursauta, surpris. Shaar-Lun et Sheelba les rejoignirent au centre de la clairière. Le vagabond affichait un sourire narquois.

– Vous étiez là depuis longtemps…, commença Arh'En Dal.

– Oui, admit Shaar-Lun. Nous n'avons aucun mérite de vous avoir suivis… Vous faisiez trop de bruit pour nous repérer.

Arh'En Dal plissa les paupières :

– Tu avais compris…

Shaar-Lun hocha la tête :

– Oui. J'ai mis du temps à réaliser la supercherie, mais nous sommes vite revenus sur nos pas, et nous voici.

Un des druides intervint à son tour :

– Comment as-tu su ?

Shaar-Lun montra des dents éclatantes :

– Ces diables ailés semblaient bien peu enclins à voler… A-t-on jamais vu des chasseurs aériens choisir la traque au sol ? Il aurait été tellement plus simple de venir attendre les champions ici !

Le druide sembla apprécier la démonstration de l'aventurier. Il se tourna vers Arh'En Dal :

– Ces deux-là méritent eux aussi de tenter l'ultime épreuve.

– Soit, dit le grand prêtre. Mettons-nous en route.

On libéra les malheureux emprisonnés dans leurs cocons végétaux et on suivit Arh'En Dal à l'auberge.

En chemin, Kaylan se détendit quelque peu. Il sentait refluer la colère qui s'était emparée de lui. L'idée de goûter le repos dans un bon lit le ravissait. Shaar-Lun le rejoignit. Il avait l'air sombre :

– Je ne partage pas ton enthousiasme, lui glissa-t-il.

– Et pourquoi donc ? Tu fais partie de ceux qui auront l'honneur d'entrer dans les souterrains. Tu devrais être fier !

– Tu penses sans doute que nous n'aurons droit qu'à une seule étape préliminaire ? Tu es bien naïf...

– Que veux-tu dire ? demanda Kaylan avec une moue suspicieuse.

Shaar-Lun, surveillant les prêtres du coin de l'œil, affichait un sourire de façade. Il parla entre ses dents :

– Nous verrons bien quelles surprises nous réserve cette « auberge »...

Il pressa l'allure, abandonnant là le guerrier plongé dans une profonde réflexion.

7

– Alors, la belle, on se remet de ses émotions ?

Éblouie par la lumière des torches, Sheelba porta sa main en visière. Ses yeux étaient douloureux – la fumée qui alourdissait l'atmosphère de la taverne y était sans doute pour beaucoup – et la tête lui tournait.

Pour se débarrasser des derniers lambeaux de peur qui lui collaient à la peau après sa traversée de la forêt, elle avait bu plus que de raison et se sentait grisée. Elle maugréa :

– Mmmh ? Quoi ?

Elle distinguait une ombre massive dressée devant elle. Le contre-jour des flambeaux l'empêchait de mettre un nom sur le visage de son interlocuteur. Ce dernier repoussa sans ménagement le voisin de la jeune femme et se laissa choir à ses côtés. C'était cette brute de Jaris. Non loin se tenait son cousin Durlïn.

Jaris se pencha au-dessus d'elle en glissant autour de ses épaules un bras puissant :

– Tu aurais dû venir avec nous, au lieu de t'enfuir avec le vagabond… Tu nous aurais vus à l'œuvre !

Son haleine était chargée de mauvais alcool. Sheelba plissa le nez et détourna la tête :

– Je vous aurais suivis… si seulement vous n'aviez pas détalé aussi vite !

Elle avait dit cela avec un tel mépris que le guerrier se vexa. Il se releva brutalement et fit mine d'amorcer une gifle.

– Sale petite…

Il n'acheva pas sa phrase. Une poigne d'acier s'était refermée sur son avant-bras. Il fut contraint de pivoter pour dévisager le nouveau venu.

– Tu es trop fort pour t'attaquer à cette fille, Jaris.

Kaylan parlait d'une voix douce, qui contrastait étrangement avec les éclairs jaillissant de ses prunelles. Jaris passa la langue sur ses lèvres :

– Kaylan ?

Il se radoucit et poursuivit :

– Viens, l'ami, attable-toi avec nous !

Kaylan n'avait pas relâché sa prise. Il accentua sa pression, et Jaris serra les mâchoires pour ne pas gémir.

– Je crois qu'il est temps que tu rejoignes ton cousin, Jaris. Il est là-bas, au milieu des tables de jeu.

– Oui, tu as raison, bredouilla le guerrier. Je vais y aller.

Comme il s'éloignait, Kaylan lui souffla, rageur :

– Ne t'avise plus jamais de lever la main sur elle !

Sheelba accueillit Kaylan avec un sourire las :

– Merci ! J'étais trop fatiguée pour le repousser.

Kaylan prit un siège et s'installa en face d'elle :

– Peut-être accepteras-tu de boire un verre en ma compagnie ?

Elle secoua la tête :

– Pardonne-moi, Kaylan : je suis épuisée. Je vais monter dormir. Demain sera une dure journée…

– Comme tu voudras, dit-il avec un geste d'impuissance.

Alors qu'elle s'éloignait vers l'escalier qui menait aux chambres, il lança simplement :

– Si tu te ravises, tu sais où me trouver !

Sheelba lui fit un petit signe de main et disparut à l'étage.

Parvenue dans sa chambre, elle tira soigneusement le loquet et s'étendit sur sa couche. Elle ferma les yeux et soupira.

Il était bon parfois de constater que son charme opérait !

En bas, les autres concurrents appréciaient à sa juste valeur la dernière soirée qui précédait l'élection. Chacun buvait et discutait à l'entour. L'auberge des Mille Jeux n'avait pas usurpé son nom : à chaque table, des parieurs s'esclaffaient, ponctuant de cris de rage ou de joie les coups des joueurs. Partout on entendait le roulement des dés ou le bruit des cartes abattues d'une main ferme. Kaylan aperçut Shaar-Lun, accoudé au long comptoir de bois. Le vagabond, juché sur un haut tabouret, promenait un regard de connaisseur sur l'assemblée. Quand il croisa celui de Kaylan, il l'invita d'un signe à le rejoindre.

– Tu aimes cette ambiance ?

– Oui, répondit Kaylan. Je n'ai jamais eu l'occasion d'entrer dans de telles auberges. Je viens d'un village modeste…

– Alors approche, et écoute bien ce que je vais te dire.

Shaar-Lun se pencha vers lui et poursuivit d'un ton de conspirateur :

– Cette auberge est sans doute le plus beau repaire de brigands que j'ai vu depuis que j'ai quitté la guilde des mendiants de Selenæ ! Observe la table qui se trouve sur notre droite…

Kaylan s'exécuta. Il découvrit Lando, un de ses compagnons d'armes, qui jouait aux cartes. Il semblait concentré, et ses yeux effectuaient d'incessants va-et-vient entre ses adversaires et les cartes qu'il tenait en éventail devant lui. De grosses gouttes de sueur perlaient à son front et il avait la bouche sèche. Il but une longue rasade de vin, puis il abattit ses cartes après une dernière annonce et poussa un cri de victoire :

– Gagné ! J'ai gagné !

Les hommes attablés avec lui restaient imperturbables. L'un d'eux secoua lentement la tête. Il dévoila à son tour son jeu, et Lando écarquilla les yeux, stupéfait.

Kaylan fronça les sourcils et interrogea Shaar-Lun du regard.

– Notre ami vient d'être victime de spécialistes, murmura ce dernier avec un sourire cruel. On ne joue jamais avec des inconnus.

Il plongea son regard glacé dans celui de Kaylan et poursuivit :

– Sauf, bien sûr, si on a décidé de se montrer plus malin, ou plus habile…

Kaylan, abasourdi, regarda Lando. Le malheureux avait quitté la table. Il faisait grise mine. Il rejoignit le comptoir.

– C'est la fin du parcours pour moi, lâcha-t-il, maussade.

Kaylan leva un sourcil :

– Que t'arrive-t-il ? Tu ne viens plus avec nous ?

Lando esquissa une moue dépitée :

– J'ai joué… et j'ai perdu.

Kaylan l'agrippa par le bras :

– Et alors, qu'est-ce que cela change pour demain ?

Lando se dégagea mollement :

– Je n'avais plus de quoi payer mes dettes. Je… je leur ai laissé mon épée.

Il leva devant le visage de Kaylan ses mains, grosses comme des battoirs :

– Je ne peux quand même pas y aller à mains nues !

Il étouffa un sanglot et tourna les talons. Kaylan aurait voulu trouver des paroles réconfortantes, mais il n'y parvint pas. Il se contenta de jeter des regards haineux aux joueurs hilares qui se partageaient les biens de Lando.

– Surtout, pas de réactions inconsidérées, souffla Shaar-Lun en finissant son verre.

Kaylan avait du mal à se contenir :

– Tu… tu as tout vu, et tu l'as laissé faire !

– Il savait les risques, il les a pris. Il n'y a rien à ajouter à cela. Maintenant, à moi de tenter ma chance…

Sidéré, Kaylan vit Shaar-Lun se lever et se diriger vers la table d'une démarche hésitante. Les joueurs l'accueillirent avec des expressions ravies : une nouvelle victime s'offrait à eux en la personne de ce grand jeune homme titubant…

Kaylan regarda le vagabond s'installer parmi les brigands et poser sur la table la bourse de cuir qui enfermait ses économies. Il allait intervenir quand un éclat de voix le figea :

– Kaylan ! Nous avons un petit compte à régler tous les deux !

C'était Jaris qui revenait à la charge. Cette fois, il s'était prudemment fait escorter par son cousin Durlïn. Les deux hommes toisaient Kaylan, une main sur le pommeau de leur épée. Il se redressa lentement. Il ignora Durlïn et s'adressa à Jaris :

– Que veux-tu exactement ?

Le guerrier des steppes le considérait sans aménité :

– Tu vas nous accompagner dehors, et nous t'expliquerons cela…

Sa voix était grondante, lourde de menace. Kaylan écarta lentement les mains :

– Soit. Après vous.

Il décrivit un arc de cercle en désignant la porte de la salle. Instinctivement, Jaris avait suivi son mouvement. Mal lui en prit : Kaylan saisit un tabouret et, s'en servant comme d'une massue improvisée, il lui assena un coup violent sur la nuque.

Jaris, foudroyé, glissa sur le sol. Durlïn recula de deux pas en dégainant son arme. Kaylan reposa le tabouret et saisit son épée :

– Tu veux vraiment voir le sang couler, Durlïn ? À ta guise…

Autour des deux hommes le vide se fit aussitôt. Les habitués, pas choqués le moins du monde par l'affrontement, improvisèrent au contraire une lice. Chacun s'apprêtaient à assister à un duel au sein de l'auberge. Déjà, Kaylan et Durlïn s'approchaient l'un de l'autre. Leurs lames décrivaient des entrelacs, cherchant la faille de l'adversaire.

La voix de Arh'En Dal gronda soudain, couvrant le brouhaha des spectateurs :

– Assez !

Les deux opposants se figèrent. Le grand prêtre traversa la salle et s'interposa. Il fulminait :

– C'est ainsi que vous entendez mériter le titre d'Empereur-Mage, en vous conduisant comme de vulgaires tueurs ? Regardez-vous ! Vous ne valez pas mieux que ces brigands qui vous entourent !

À contrecœur, Durlïn remit son épée au fourreau.

– Nous reprendrons cela plus tard, articula-t-il sur un ton haineux.

Kaylan soutint son regard assassin :

– Où et quand il te plaira.

Il rengaina à son tour et quitta la salle. Il gravit les marches qui menaient à l'étage, Arh'En Dal sur ses talons. Le vieil homme ne décolérait pas :

– Comment ? Toi, Kaylan ! Toi en qui je voyais un héros, un champion ! Mais qu'est-ce qui t'est passé par l'esprit ?

Kaylan ne répondit pas. La tête enfoncée dans les épaules, il subissait sans réagir les remontrances du grand prêtre :

– N'aie crainte, impétueux guerrier ! Demain, tu pénétreras dans la gueule du Dragon ! Il n'y a plus de sélection, la véritable élection commence... Dors si tu y parviens. Tu auras besoin de toutes tes forces !

Arh'En Dal l'abandonna dans le couloir et redescendit dans la salle.

Kaylan traîna les pieds jusqu'à sa chambre et s'y enferma. Il se débarrassa de ses armes et se laissa tomber sur sa couche.

Bras croisés sous la nuque, il eut du mal à trouver le sommeil.

Tout à l'heure, tandis qu'il gravissait les marches de l'escalier, Shaar-Lun lui avait lancé quelques mots railleurs. Ces paroles lui revenaient à l'esprit, tourbillonnant sans fin dans sa tête :

– Bonne nuit, champion !

8

Kaylan se réveilla peu avant l'aube. Il inspira profondément et chercha à vider son esprit tourmenté. De sombres cauchemars avaient hanté son sommeil, le réveillant à maintes reprises au cours de la nuit…

Il fouilla dans sa besace de cuir et saisit un collier qu'il passa autour de son cou. « L'emblème des guerriers de Varth'Arak, lui avait dit Noren, le forgeron de son village, un talisman qui leur permet d'accéder au royaume des combattants s'ils tombent à la bataille. » Kaylan n'avait jamais cru à ces légendes, mais aujourd'hui…

Aujourd'hui était un jour différent.

Il descendit le grand escalier. Des braises achevaient de se consumer dans la cheminée de la grande salle. Un étrange sentiment de calme se dégageait de ce décor. « Le calme qui précède la tempête », se dit Kaylan en traversant la pièce pour rejoindre le comptoir.

Les tables avaient été recouvertes de nappes propres. Les couverts étaient dressés pour une solide collation. Une odeur de charcuterie grillée flottait dans l'atmosphère.

– Alors, guerrier, prêt pour l'ultime épreuve ?

Kaylan pivota sur lui-même, et finit par apercevoir Shaar-Lun, adossé au mur. Drapé dans son long manteau sombre, le vagabond se dissimulait parfaitement dans l'obscurité. Kaylan s'approcha de lui et se choisit un siège.

– As-tu bien dormi ?

Pour toute réponse, Shaar-Lun se pencha en avant. Quand la lueur d'un flambeau frappa son profil, Kaylan découvrit son teint cireux, et les profonds cernes violacés qui ourlaient ses yeux.

– Tu… tu as passé une nuit blanche ?

– On ne peut pas tout faire, dit Shaar-Lun avec un sourire carnassier.

D'un geste vif, il exhiba une bourse de cuir copieusement garnie. Kaylan restait incrédule :

– Tu as préféré jouer toute la nuit…

Shaar-Lun éclata d'un rire joyeux :

– Mais détends-toi, l'ami ! Essaie plutôt de voir le bon côté des choses !

Il se redressa brusquement et saisit l'avant-bras de Kaylan. Son visage était glacial à présent :

– Songe que ce pourrait être notre dernière journée… Et si ce soir nos corps croupissaient au détour d'un souterrain, quelque part dans les profondeurs de la gueule du Dragon ?

Kaylan se dégagea vivement et réprima un frisson. Shaar-Lun continuait sur un ton faussement badin, tandis que dans ses prunelles brillait une flamme maligne :

– Au moins aurais-je pris du bon temps, une dernière fois ! Et toi, guerrier, auras-tu quelque chose à regretter, à ce moment-là ?

Kaylan allait répliquer quand des éclats de voix leur parvinrent du haut des escaliers.

Les premiers champions arrivaient.

Kaylan se détourna de Shaar-Lun et alla saluer le couple qui descendait les marches. Il y avait là Letto et Perlæ, deux vagabonds. L'homme avait enfilé une armure de cuir clouté qui lui recouvrait le torse et les bras. Il portait à la main un casque d'acier. Sa compagne avait revêtu un épais manteau de laine aux multiples poches, dans lesquelles elle avait dû soigneusement remiser les composants nécessaires à ses sorts. Elle avait noué un ruban autour de ses cheveux de jais, qui retombaient sur le côté de son visage en une longue natte.

Kaylan la trouva très belle. Il les salua d'un geste de la main.

Surgirent ensuite Aronen le barbare, accompagné de Ferlon le coureur des plaines. Tous deux étaient vêtus de simples pagnes et chaussés de spartiates de cuir lacées haut sur les mollets.

Aronen allait torse nu, à la manière des hommes de sa tribu. Il ne portait pas de casque et ses longs cheveux clairs lui faisaient une crinière de fauve. Il sourit à Kaylan et lui serra fraternellement l'épaule :

– Le grand jour s'est levé, mon frère…

Kaylan lui rendit son accolade.

– Oui, dit-il, je te souhaite d'aller jusqu'au bout de l'ultime épreuve.

Ferlon les rejoignit. Il portait, sous une chemise de toile épaisse, un pectoral d'acier ouvragé. Ses avant-bras eux aussi étaient recouverts de protections forgées. Un casque de cuivre à longue nasale pendait à sa ceinture.

– Nous allons tous parvenir au bout du chemin, affirma-t-il.

Tout à coup, Kaylan redevint grave : Jaris et Durlïn venaient d'apparaître au sommet des marches. Les regards haineux qu'ils lui lancèrent ne laissaient planer aucun doute sur leurs sentiments. Au passage, Jaris bouscula de l'épaule Kaylan, qui choisit de ne pas répondre.

– Quand nous serons au cœur des souterrains, lui dit Jaris, personne ne te viendra en aide… Même le grand prêtre ne pourra pas intervenir…

Arh'En Dal survint sur ces entrefaites.

– On parle de moi ? s'enquit-il, faussement détendu.

Jaris s'empressa de s'éloigner.

– Je reste à ta disposition, lui souffla Kaylan.

Les derniers concurrents rejoignirent l'assemblée. Arh'En Dal les accueillit avec des paroles affables. Puis il s'éclaircit la voix :

– Tout le monde est là ? Bien : partageons ce repas matinal. Ensuite, je vous conduirai à la gueule du Dragon.

Ils s'attablèrent par petits groupes d'affinités. Kaylan resta debout au milieu de la salle. Quelqu'un manquait encore à l'appel.

Shaar-Lun lui toucha doucement le bras :

– Viens t'asseoir. Elle ne va plus tarder.

Kaylan se retourna vivement. Il aurait voulu protester, mais y renonça en découvrant le sourire narquois de son compagnon. Il haussa les épaules et prit place devant le déjeuner fumant qu'on venait de leur servir.

Quand Sheelba apparut, elle était méconnaissable. La tension creusait ses traits, ses yeux n'étaient plus que deux puits sombres. Plus surprenant encore, Sheelba arborait sur ses joues et sous ses yeux des peintures de guerre. Le maquillage soulignait sa beauté et lui conférait un air particulièrement farouche.

– Je suis prête, souffla-t-elle d'un ton rauque.

Shaar-Lun l'invita à les rejoindre. Kaylan ne parvenait pas à dissimuler son étonnement. Il l'interrogea maladroitement :

– Ces… peintures étaient nécessaires ?

Elle lui répondit sans même lui accorder un regard :

– Runes de protection. Tu ne peux pas comprendre.

Kaylan baissa la tête et ne prononça plus une parole.

Quand le repas fut achevé, Arh'En Dal se leva et donna le signal du départ. Kaylan accosta Shaar-Lun et lui désigna Sheelba d'un mouvement méprisant du menton :

– Tu as vu son déguisement ?

Shaar-Lun marqua une pause. Il examina Kaylan des pieds à la tête et saisit délicatement la médaille qui pendait sur le torse puissant du guerrier :

– Chacun ses colifichets…

Sans rien ajouter, il lui tourna le dos et s'éloigna.

Le chemin qui menait à l'entrée des souterrains était long et tortueux. La gueule du Dragon s'ouvrait à l'extérieur de Selenæ, au pied d'une petite colline cernée de hautes murailles et gardée par la milice impériale.

Arh'En Dal s'arrêta brusquement :

– Nous y sommes !

Il désigna une brèche ténébreuse dans la roche grise.

Les gorges se nouèrent.

Devant eux s'ouvrait la gueule du Dragon.

C'était un boyau humide, un puits horizontal, qui paraissait plonger dans un autre univers – l'antichambre des Enfers, qui aurait pu le dire ? Un frisson parcourut l'assemblée. Les champions s'approchèrent prudemment, le front barré de rides soucieuses. Chacun faisait des efforts pour percer l'obscurité opaque de la caverne. Peine perdue : la gueule du Dragon gardait jalousement son secret.

Sheelba siffla entre ses dents, admirative :

– Un sort d'absorption de la lumière... Inutile d'insister : il faudra progresser à tâtons. Même nos torches seront sans effet au sein de cette zone.

Elle interrogea Perlæ du regard. La jeune femme hocha la tête. Elle pensait la même chose.

Arh'En Dal s'adressa aux jeunes gens d'une voix sourde :

– Vous voici devant la porte qui mène à l'ultime épreuve. Il est encore temps de faire demi-tour. Ceux qui entreront ici ne pourront en ressortir qu'au terme du parcours. Il vous sera impossible de revenir sur vos pas…

Il attendit patiemment que chacun se décide.

Jaris et Durlïn, l'air bravache, se postèrent devant l'entrée de la caverne.

– Nous sommes prêts ! affirmèrent-ils d'une seule voix.

Letto et Perlæ se placèrent dans leur ombre. La jeune femme fixait les ténèbres en psalmodiant une incantation. Aronen, le barbare aux longs cheveux, brandit sa redoutable hache à double tranchant et les rejoignit. Ferlon vint à sa droite, Kaylan dégaina son épée et lui emboîta le pas.

Sheelba hésitait. Elle plongea les mains dans les replis de son manteau, tâtant fébrilement les poches secrètes qui enfermaient ses précieux composants. Elle ne savait plus… N'était-elle pas sur le point de commettre une terrible erreur ? Que faisait-elle ici ? Quelle folie l'avait donc poussée à se présenter devant la gueule du Dragon ?

Shaar-Lun passa devant la jeune femme, haussant les épaules nonchalamment :

– Puisqu'il faut bien mourir un jour, autant que ce soit avec panache…

Sa décontraction eut raison des dernières réticences de la jeune femme. Sheelba prit place dans la file.

Derrière elle, deux autres guerriers fermaient la marche.

Des mouvements précipités indiquèrent aux champions que les autres concurrents abandonnaient la quête. Jaris tourna la tête et leur cria quelques mots dans un dialecte inconnu. Sa déclaration fut ponctuée par le rire gras de Durlïn. Sheelba, elle, songeait à tous ceux qui avaient fui. « Au moins, se dit-elle amèrement, ils auront la vie sauve… »

Arh'En Dal se posta sur leur droite. Il leva les bras au ciel et adressa une prière à la Lune sombre, l'implorant de venir en aide aux champions. Il invita les héros à se recueillir avec lui. Enfin, il fit signe à des gardes impériaux.

Ces derniers, munis de grandes torches, se placèrent de chaque côté de la gueule du Dragon, au pied de larges vasques de cuivre emplies de feuilles séchées. Ils y plongèrent leurs flambeaux. Deux feux s'élevèrent bientôt en crépitant. Leurs fumées épaisses véhiculaient des parfums capiteux. Les colonnes bleutées partaient en tourbillonnant vers les hauteurs, puis se précipitaient vers le couloir souterrain, comme aspirées par sa noirceur. On eût dit des serpents dansant sous la direction de charmeurs experts.

« Le Dragon s'est réveillé, pensa Sheelba, en proie à une illumination. Ce n'est pas une légende, le monstre est bien vivant ! Il… il respire ! » Les parfums enivrants des brasiers lui faisaient chavirer les sens. Elle ne sentait plus ses jambes, ses forces l'abandonnaient. « C'est une drogue, pensa-t-elle, un somnifère puissant, qui endormira le Dragon tandis que nous nous avancerons entre ses mâchoires… »

Sheelba crut perdre connaissance, et lutta pour ne pas céder à la panique qui la gagnait. Devant elle, les champions plongeaient au cœur des ténèbres. Elle les voyait disparaître un à un, sans un bruit.

Tout semblait soudain si irréel…

Au prix d'un effort surhumain, elle fit quelques pas et fut happée à son tour par l'ombre du couloir.

9

Très vite, les yeux de Sheelba s'habituèrent aux ténèbres qui l'enveloppaient : elle distinguait à présent les limites d'un boyau souterrain humide et tortueux au sol inégal recouvert de mousses et de lichens.

Devant elle, les autres champions avançaient avec peine, armes tendues en avant comme autant de bâtons d'aveugle, torches maintenues haut. Les halos vacillants de leurs flambeaux ne suffisaient pas à percer le rideau d'ombre magique.

« Mes runes, pensa Sheelba, me protègent de ce sort ! Tant que j'étais à l'extérieur du couloir, elles étaient inefficaces, mais à présent… »

Elle mesura la portée de son sort et blêmit : ses protections magiques lui offraient tout juste la possibilité de se diriger. Le mage qui avait plongé le couloir dans les ténèbres était beaucoup plus puissant qu'elle…

– Imbécile ! siffla-t-elle, tu croyais donc qu'on n'attendait que toi ? Que ce serait une partie de plaisir ? Le jeu vient à peine de commencer, et déjà tu te laisses impressionner ?

Sheelba resta sagement en retrait, observant les héros qui la devançaient. Elle n'osait pas s'approcher d'eux, de peur de les surprendre. Ils étaient tendus à l'extrême, prêts à frapper à la première alerte. Un mauvais réflexe, et elle sentirait la morsure de leurs armes…

Elle esquissa un pas timide, puis un autre. Sous ses pieds, la pierre paraissait trembler et lui renvoyait un écho organique. « Le couloir est vivant se dit Sheelba, nous nous sommes jetés dans la gueule du Dragon, ce n'était pas une légende ! »

Le doute l'étreignit brutalement : et si… Si l'élection était un leurre ? Si l'Empereur-Mage n'avait pas l'intention de se laisser remplacer ? Si tout ceci n'était qu'un odieux subterfuge destiné à amener des volontaires en offrande au monstre titanesque qui dormait sous la ville ? Sheelba souffla lentement et lutta pour retrouver son calme.

– Calme-toi, murmura-t-elle, tu ne dois pas céder, pas maintenant.

Mais les visions l'assaillaient à nouveau. Ils marchaient dans la gorge du Dragon, le titan allait se réveiller, il les avalerait sans même y penser, il…

Elle chassa ces idées et pressa le pas.

Elle parvint vite à la hauteur des deux guerriers qui l'avaient précédée. Ceux-ci avaient adopté une curieuse méthode de déplacement : le premier avançait courbé, les mains effleurant le sol et décrivant d'incessants cercles pour prévenir d'éventuels pièges. Le second progressait l'épée haute, en maintenant le contact avec son compagnon. Leurs souffles sifflants trahissaient l'énervement et l'angoisse qui les gagnaient peu à peu.

Soudain, un hurlement formidable retentit un peu plus loin.

Sheelba tressauta et scruta l'obscurité. Le couloir qui tournait sur la gauche masquait la scène. Des cris de douleur s'élevèrent, suivis du fracas des armes. Sheelba bondit en avant : on avait besoin d'elle, là-bas ! À côté d'elle, l'un des deux guerriers s'étrangla et lâcha ses armes. L'autre l'interrogea dans une langue que la jeune femme ne comprenait pas. Cédant à la panique, ils rebroussèrent chemin, se bousculant, roulant parfois sur la pierre, insensibles à la douleur. Une seule idée les animait : fuir, échapper à ce souterrain diabolique ! Sheelba tenta de les retenir, mais ils ne lui accordèrent aucune attention. Seule à pouvoir percer les ténèbres, elle les suivit des yeux, folle d'inquiétude.

Les deux guerriers couraient à présent vers l'ouverture du couloir.

Tout était allé trop vite. Sheelba voulut leur crier un avertissement, mais fut incapable de proférer le plus petit son. Avec horreur, elle vit les malheureux se heurter à la barrière magique qui fermait l'entrée. Deux éclairs jaillirent de la paroi et foudroyèrent les guerriers. Les victimes s'effondrèrent sans une plainte. Sheelba se mordit les lèvres. Arh'En Dal n'avait pas menti : quand on entrait dans la gueule du Dragon, il n'était plus possible de faire demi-tour…

Une épouvantable odeur de mort envahit le couloir. Sheelba s'éloigna au plus vite pour échapper à la vision abominable.

À grandes enjambées, elle suivit la courbe du couloir et aboutit dans une vaste grotte. Malgré l'obscurité, la bataille y faisait rage. La mêlée était confuse, les hommes frappaient au hasard, sans discernement. Sheelba mit quelques secondes à comprendre la situation : au centre de la caverne, une créature hideuse les combattait. C'était une espèce de scarabée géant, un monstre haut comme un homme. Campé sur des pattes épaisses et velues, il balançait la gueule de droite et de gauche, tentant d'emprisonner ses adversaires dans l'étau de ses formidables pinces. Sheelba ne put réprimer un haut-le-cœur en l'apercevant.

– Un djorak ! balbutia-t-elle. C'est un djorak !

Elle se reprit aussitôt pour faire le vide dans son esprit. Puis elle se concentra et sentit monter en elle l'énergie magique. Bientôt, ses membres se mirent à trembler. Sheelba psalmodia ses incantations. Il fallait faire vite : le djorak ne manquerait pas de la repérer…

À bout de souffle, les guerriers peinaient à frapper encore le monstre. Leurs coups restaient sans effet : ils rebondissaient sur la carapace épaisse, renvoyant dans la grotte des échos sourds. Insensible à leurs attaques, la bête se dandinait lourdement, avançant toujours. Soudain, le djorak se raidit et redressa la gueule. Il sembla humer l'air, indécis. « Il m'a repérée », pensa Sheelba avec angoisse.

Après quelques secondes d'hésitation, le monstre plongea en avant et referma ses pinces terrifiantes autour de Perlæ. La jeune mage avait levé les mains pour lancer un sort, mais n'eut pas le temps d'agir. Elle poussa une plainte étranglée quand la bête la saisit à la taille. Perlæ battit l'air des bras et des jambes pour se dégager, mais le djorak affermit son emprise. Avec un cri de douleur, elle s'affaissa, inconsciente.

Sheelba hurla de rage et lança son sortilège. Une multitude de boules de feu jaillirent en tourbillonnant de ses doigts tendus. Les projectiles enflammés traversèrent l'espace en sifflant et vinrent frapper le djorak aux yeux, perçant la carapace en son point le plus vulnérable. Le monstre se cabra et relâcha Perlæ, qui glissa au sol.

Tandis que les hommes s'acharnaient à poursuivre leur combat aveugle, inconscients du drame qui se jouait, Sheelba luttait contre l'épuisement. Serrant les mâchoires, elle réunit ses dernières forces et lança un ultime assaut à l'encontre du djorak, qui reculait maintenant vers l'extrémité opposée de la caverne. À nouveau, des flèches de feu traversèrent l'espace et vinrent cingler la bête à la gueule.

La créature stoppa net sa course. Elle tituba un instant, semblant hésiter sur la direction à prendre. On n'entendait plus que les respirations lourdes des guerriers. Enfin, les pattes de la bête se dérobèrent sous elle. Elle s'effondra dans un épouvantable fracas. Sa chute fut saluée par les vivats des guerriers qui brandissaient haut leurs glaives.

La lumière des torches perça brusquement l'ombre. Les halos lumineux éclaboussèrent les parois de pierre, repoussant l'ombre, dévoilant les visages des combattants épuisés.

Le sort d'absorption de la lumière avait cessé d'agir.

« Le djorak est mort, pensa Sheelba avec satisfaction, sa magie a disparu avec lui. » Cependant, ses jambes la trahirent et elle se sentit glisser contre la roche. Alors qu'elle sombrait dans l'inconscience, le cri de désespoir de Letto lui parvint aux oreilles.

Le malheureux venait de découvrir sa compagne inerte.

Sheelba fut réveillée par les éclats de voix qui tonnaient dans la grotte. Les hommes grondaient de colère. Elle ouvrit les yeux et découvrit la triste scène : à quelques pas d'elle, Letto pleurait en silence, penché sur la dépouille de sa compagne. Derrière eux, le djorak foudroyé gisait sur la rocaille humide ; plus loin, les guerriers s'opposaient en une vaine dispute. Kaylan écumait de rage :

– Lâches ! Ramassis de pleutres !

Les hommes baissaient la tête. Ils avaient combattu de toutes leurs forces, mais ils n'avaient pas su protéger Perlæ. Shaar-Lun se tenait à l'écart du petit groupe. Le vagabond s'était adossé à la muraille de granit et jouait avec un fin poignard. Excédé, il finit par prendre la parole :

– Nous sommes en vie, non ?

La voix de Letto vibra sous la voûte de pierre :

– Non. Pas tous…

Shaar-Lun réalisa sa bévue. Il se tourna vers Letto :

– Pardonne-moi. Je pensais seulement que…

Il marqua une courte pause avant de poursuivre :

– Nous aurions pu payer un bien plus lourd tribut.

Letto se releva lentement. Il prit une longue inspiration et déclara d'une voix monocorde :

– J'ai payé. Je n'ai plus rien à perdre… Pour moi, la course s'arrête ici.

Mais Shaar-Lun ne lui accordait déjà plus attention. Il se dirigeait vers Sheelba, qui l'accueillit avec un sourire triste :

– Moi qui pensais avoir affaire à un mage puissant… Il ne s'agissait que de ce djorak, qui protégeait son territoire comme tout animal sauvage a coutume de le faire !

– Tu nous as sauvés, Sheelba, lui dit-il d'une voix douce. Sans toi, nous étions perdus.

– J'ai eu de la chance, répondit-elle. Les djoraks se nourrissent de l'énergie magique. Ils sont attirés par les lanceurs de sorts. Je suis entrée dans la grotte après vous et… l'attention du monstre s'est focalisée sur Perlæ…

Sa voix avait dérapé sur les derniers mots. Elle ferma les yeux et porta la main à son front pour masquer sa gêne. Shaar-Lun regarda Sheelba avec intérêt. La jeune magicienne était redevenue une petite fille. Des larmes avaient coulé sur ses joues, diluant les runes et traçant sur son visage des cicatrices violacées. Shaar-Lun lui effleura les cheveux et déposa un baiser sur son front :

– Merci, encore une fois.

Il rejoignit le groupe de guerriers.

Les esprits s'échauffaient toujours. Jaris bombait le torse. Il voyait là l'occasion de prendre le commandement du groupe. Il se tourna vers Letto :

– En restant ici, tu te condamnes…

Letto haussa les épaules.

– Je suis *déjà* mort, articula-t-il péniblement.

Durlïn s'approcha de son cousin et renchérit :

– Disons qu'en attendant ici tu constitues une proie facile. En avançant et en continuant de combattre, tu as une chance de parvenir au bout des souterrains… Songe que, si tu abandonnes maintenant, Perlæ sera morte pour rien.

Letto passa une main tremblante sur son visage. Il luttait pour ne pas pleurer. Son regard éperdu glissait de l'un à l'autre, quêtant un soutien qui ne venait pas. Jaris se campa devant lui :

– Viens avec nous. Ensemble, nous pouvons vaincre.

Durlïn pivota sur lui-même :

– Suivez-nous, vous autres ! Nous vous guiderons !

Shaar-Lun portait sur la scène un regard ironique. Il secoua la tête et étouffa un ricanement. Kaylan fit une moue méprisante.

– Puisque c'est ainsi, cracha-t-il, nous irons chacun notre chemin à l'avenir.

Il désigna l'extrémité de la grotte rocailleuse. Un autre couloir en partait, qui se divisait au bout de quelques pas en une fourche.

– Chacun pour soi !

Son ton était sans appel. Il s'éloigna vite, l'épée à la main, et plongea dans le couloir qui s'ouvrait sur sa droite. L'éclat de sa torche diminua à mesure qu'il s'enfonçait au cœur du souterrain.

L'écho de ses pas s'éloigna. Bientôt il fut englouti par l'obscurité.

Et personne ne se serait avisé de le suivre…

10

Le silence s'était abattu sur le groupe. Les hommes serraient les dents, visage fermé, épaules voûtées. Ils ruminaient de noires pensées, les yeux rivés au sol. Kaylan était parti… Il les avait abandonnés !

Jusqu'à présent, les concurrents s'étaient supportés bon gré, mal gré. Ils avaient progressé ensemble. Ils savaient qu'il ne pouvait y avoir qu'un empereur, qu'un seul vainqueur à l'issue du parcours, mais ils avaient occulté cette idée. Il importait d'avancer, d'atteindre l'ultime épreuve. Alors, il serait toujours temps d'aviser !

Mais le départ de Kaylan avait précipité les choses.

La compétition allait se montrer fratricide, qui les

lancerait les uns contre les autres. C'en était probablement fini de leur complicité. À cet instant précis, l'épreuve commençait.

Sheelba savait l'influence exercée par Kaylan sur la petite troupe. Le guerrier avait séduit ses camarades par sa prestance et sa bravoure. Pendant la courte période qui les avait réunis derrière les murs du monastère, il s'était imposé comme un chef naturel. Ses compagnons l'auraient suivi au bout du monde, comme une meute de loups escorte le mâle dominant. À présent qu'il les avait quittés, les jeunes gens se sentaient plus démunis que des nouveau-nés.

Sheelba se tenait en retrait, observant ses compagnons d'infortune. L'occasion était trop belle de les rallier à sa cause !

– Voilà bien un groupe à fière allure, ironisa-t-elle. Le futur Empereur-Mage se trouve ici, il ne peut y avoir de doute !

Les hommes firent volte-face et semblèrent la découvrir soudain. Piqué au vif, Durlïn s'avança vers elle. Il montrait les dents comme un molosse furieux :

– Et toi ? Qui es-tu pour nous juger ?

Elle se campa face à lui et soutint son regard :

– Je ne suis rien de plus que l'une d'entre vous. Je poursuis le même but. Je veux atteindre l'ultime épreuve !

Durlïn ricana en lui désignant les galeries qui se perdaient dans les ténèbres, à l'extrémité de la grotte :

– Va, la belle ! Cours sur les traces de ton champion ! Peut-être t'acceptera-t-il, les nuits sont fraîches dans les souterrains…

– Imbécile ! lui lança-t-elle avec mépris.

Durlïn leva la main dans un geste vif. Elle recula instinctivement, mais le guerrier n'eut pas le temps de la gifler. Letto avait saisi son poignet pour le tirer en arrière avec rudesse. Écumant de rage, Durlïn se retourna. Letto le considérait d'un air glacial :

– Touche-la seulement, et je te tue.

Il ne plaisantait pas. Ses yeux étaient deux puits sans fond. Durlïn grimaça en cherchant à se dégager, mais Letto accentua sa pression, lui arrachant une plainte douloureuse. Jaris s'approcha et dégaina son épée.

– Lâche-le, tonna Jaris, libère-le ou je t'embroche !

Letto ne lui accorda pas la moindre attention.

– Fais ce que tu crois juste, souffla-t-il. Je n'ai plus rien à perdre.

Jaris resta interdit. Sheelba sortit enfin de sa léthargie. Elle fit un pas et posa la main sur l'épaule de Letto :

– Merci, Letto. Tu peux le relâcher à présent. Il a compris…

Letto mit quelques secondes à réagir. Il libéra enfin le guerrier, qui s'éloigna en massant son poignet endolori. Sheelba s'interposa entre Letto et Jaris et les dévisagea tour à tour.

– Donnez-moi une seule bonne raison pour vous battre, et je vous laisserai faire, dit-elle simplement.

Jaris ne détachait pas les prunelles de son vis-à-vis. Il finit par inspirer longuement et remit son épée au fourreau. Il baissa la tête et tendit le bras vers Letto :

– Elle a raison. Tout ceci est stupide. Pardonne-moi.

Letto, sans mot dire, accepta la main offerte.

Sheelba déclara d'une voix claire :

– Bien. Inutile de nous précipiter. Le combat nous a éprouvés. Ce n'est pas une course de vitesse : il faut simplement parvenir au terme du parcours.

Elle ouvrit les bras et désigna l'ensemble de la grotte :

– Nous avons toute la place. Le djorak devait régner en maître absolu. Pas un monstre ne se serait risqué dans les parages. Faisons un feu et reprenons des forces. Ensuite, nous déciderons ensemble de la manière de poursuivre ce parcours.

Les guerriers acquiescèrent. Sheelba s'approcha de la dépouille du monstre :

– La chair du djorak est nourrissante...

Ils firent un feu, joignant quelques-unes de leurs torches. La chair du djorak se révéla délicieuse. Perdus dans leurs pensées, ils mangèrent en silence, respectant la douleur de Letto. Ce dernier s'était isolé dans le coin le plus éloigné de la grotte. Il y avait porté la dépouille de sa compagne et l'avait recouverte de pierres. Il avait tracé autour de la sépulture des signes magiques et s'était agenouillé pour se recueillir.

Quelques heures plus tard, il se releva et vint voir Sheelba.

– J'ai réfléchi, dit-il froidement. Je retourne sur mes pas.

Il la salua d'un mouvement de tête et s'éloigna rapidement. Sheelba était affolée :

– Mais tu ne peux pas ! Ce n'est pas possible de repartir !

Elle voulut insister, mais le garçon ne l'écoutait plus. Il avait atteint le couloir qui les avait menés à la caverne du djorak.

– N'y va pas, hurla Sheelba, deux d'entre nous sont morts ainsi ! Tu ne franchiras pas la gueule du Dragon dans ce sens !

Letto haussa les épaules, résigné, et s'enfonça dans le couloir. Il avançait comme un somnambule.

Shaar-Lun jaillit soudain de l'ombre et barra la route du jeune homme. Le visage du vagabond ne reflétait aucun sentiment.

– Tu restes avec nous, dit-il doucement.

Sa voix était neutre. Il tendit la main et saisit Letto par le coude :

– Viens…

Il l'obligea à faire demi-tour et à retourner auprès du feu. Letto, les yeux perdus dans le vague, s'exécutait sans la moindre résistance. Shaar-Lun s'assit à côté de lui. Il lui parla à l'oreille. Letto restait impassible. Il se contentait de hocher silencieusement la tête. Finalement, le vagabond fouilla dans les replis de sa cape et fit apparaître une petite fiole, qu'il tendit à son compagnon. Letto la porta à ses lèvres et en but le contenu d'un trait. Quand Shaar-Lun le laissa, il se drapa dans son manteau et s'allongea devant le foyer. Il ferma les yeux et resta ainsi figé. Sheelba suivait Shaar-Lun des yeux tandis que le vagabond regagnait la zone d'ombre qu'il affectionnait. Elle l'y rejoignit :

– Tu as fait preuve de courage et de compassion. Deux qualités qu'on n'a pas coutume de reconnaître aux voleurs…

Shaar-Lun sourit, les yeux dans le vague :

– Vous en savez si peu à mon sujet…

Sheelba fronça les sourcils :

– On apprend à se battre, à la guilde ?

– On y enseigne beaucoup de choses… J'y occupais les fonctions de mercenaire.

– Quoi ?

– La guilde propose de menus services, moyennant de substantiels revenus. Parfois, de riches notables faisaient appel à nous pour assurer la protection de convois chargés de marchandises précieuses : les mendiants prélevaient une part du trésor comme droit de passage, et le chargement arrivait sans encombre à bon port… Avec le temps, même l'empereur a fini par tolérer les mendiants ; il les acceptait comme un mal incurable, avec lequel il faut bien vivre. Selenæ se savait victime, mais s'était habituée à notre présence.

Sheelba, troublée, prit congé du vagabond et retourna s'asseoir à l'écart. Shaar-Lun la fascinait. Qui était-il vraiment ? Quelles étaient ses véritables motivations ?

Autour du feu, les hommes buvaient à présent. Sheelba fronça les narines. Elle ne supportait pas ces réunions de guerriers, qui tournaient invariablement à la démonstration de force… Elle se roula dans son manteau et essaya de trouver le sommeil.

Aronen, le fier barbare à l'abondante chevelure, vint la rejoindre. Le guerrier avait la démarche lourde et hésitante. Il se laissa tomber au côté de Sheelba avec un soupir de satisfaction.

– Je… je voulais te dire…, commença-t-il d'une voix pâteuse.

Sheelba lui lança un regard glacial :

– Oui ?

– Je suis… ravi de t'accompagner dans… cette aventure…

Elle voulut répondre un mot gentil, mais n'en eut pas le temps. Aronen se pencha vers elle, lui glissa une main derrière la nuque et l'attira contre lui. Sheelba voulut lui résister, mais la poigne de fer du barbare s'était refermée sur son cou. Il approcha ses lèvres des siennes. Elle pouvait sentir son souffle chaud et les vapeurs de l'alcool dont il s'était saoulé toute la soirée. Elle gémit, incapable de se dégager.

– Aronen !

La voix de Ferlon avait tonné sous la voûte rocheuse. Aronen s'était figé.

– Nous remettrons ceci à plus tard, glissa-t-il à la jeune femme.

Il relâcha son étreinte et se retourna, faussement décontracté :

– Que veux-tu, l'ami ? Je suis occupé…

Le coureur des plaines foudroyait Aronen du regard, et sa lèvre supérieure était agitée de tics nerveux :

– Lève-toi…

Il avait craché ses derniers mots. Le barbare le considéra un instant, l'air ébahi. Puis il secoua la tête.

– Soit, dit-il.

Il se releva en grognant et se posta face à Ferlon. Il le dépassait largement ; sa stature était celle d'un titan. Ferlon se contracta :

– Tu… tu réalises ce que tu es en train de faire ?

Aronen éclata d'un rire gras :

– Bien entendu ! Je prends la tête de ce groupe ! J'en ai plus qu'assez des fanfaronnades des deux cousins.

Il écarta ses bras noueux en un geste de défi :

– Ce groupe a besoin d'un chef ! Ce monde réclame un empereur ! Je serai celui-là ! Et la femme sera mienne, dès ce soir !

Il renversa la tête et rit de plus belle. Les échos de sa joie sauvage résonnèrent dans les galeries. Ferlon perdit son contrôle et lança son poing à toute volée. Il cueillit le barbare à la pointe du menton. Ce dernier émit un hoquet étranglé et partit à la renverse. Son crâne heurta violemment la roche, et il poussa un cri de douleur. Ferlon plongea en avant et ses doigts se refermèrent sur la gorge de son adversaire.

Atterrée, Sheelba se masqua le visage de ses paumes ouvertes. Elle réalisa soudain que c'était elle, Sheelba, qui était responsable de cette situation ! En jouant de sa séduction, elle avait semé le trouble dans les esprits. Les champions se conduisaient à présent comme des ennemis. Si elle n'intervenait pas rapidement, le combat qui opposait les deux amis allait trouver une fin tragique…

Elle se redressa vivement :

– Assez !

Sa voix avait claqué comme le cuir d'un fouet. Interloqués, les hommes s'étaient tus. Alors, elle leur parla :

– Ces querelles ne nous mèneront à rien. Nous avons trop d'ennemis tapis dans l'ombre de ces corridors pour perdre notre temps et notre énergie en de vaines disputes.

Jaris et Durlïn s'étaient approchés. Ils voulurent objecter, mais elle les fit taire d'un geste impérieux. Elle poursuivit d'une voix radoucie :

– Gardez vos forces. Nous en aurons besoin pour atteindre l'issue des souterrains.

Elle baissa à nouveau la tête et glissa dans un souffle :

– À la prochaine bifurcation, je quitterai le groupe.

Durlïn fit un pas en avant :

– Je viens avec toi, déclara-t-il, tu auras besoin d'un guerrier !

Sans le regarder, elle secoua la tête :

– Non, Durlïn. Personne ne m'accompagne. Je vais tenter l'aventure seule.

Letto intervint à son tour. Il avait du mal à maîtriser son émotion :

– Tu… tu n'as aucune chance si tu y vas seule. Tu es magicienne, comme l'était Perlæ. Si tu t'épuises au cours d'un combat…

Elle s'approcha de lui avec un pauvre sourire et lui donna une tendre accolade.

– C'est à moi de me montrer prudente, et de préserver mes réserves d'énergie.

Ses yeux avaient rougi ; elle était au bord des larmes. Elle releva la capuche de son manteau et dissimula son visage, coupant court à la discussion.

D'un pas vif, elle s'enfonça dans les souterrains. Les hommes observèrent sa silhouette qui s'éloignait en silence. La flamme de sa torche vacillait.

Elle s'éteignit brusquement, comme avalée par l'obscurité.

11

Kaylan progressait à vive allure à travers le dédale des souterrains. L'écho de ses pas rythmait son avancée. Le jeune homme était plus déterminé que jamais. Il se déplaçait à grandes enjambées souples. Au-dessus de sa tête, le grésillement rassurant de la flamme de sa torche se faisait plus faible. Il la tenait haut, balayant de temps en temps l'espace qui s'ouvrait devant lui pour en chasser l'obscurité.

Kaylan songea qu'il aurait dû faire provision de flambeaux. Dans son sac, il n'avait emporté que trois autres pièces de bois recouvertes de tissus huilés. Cela suffirait-il à l'éclairer jusqu'au terme des souterrains ? Il aurait été bien en peine de répondre, car Arh'En Dal ne leur avait donné aucune indication sur la nature des couloirs, ni sur leur longueur. Du reste, le grand prêtre semblait tout ignorer de ce territoire qui s'étendait derrière la gueule du Dragon : seul l'Empereur-Mage, parce qu'il en avait triomphé, devait pouvoir en dresser le plan…

À chaque intersection, Kaylan n'hésitait que le temps de scruter l'ombre des corridors avant de s'y plonger. Il se fiait à son instinct chaque fois que se présentait un nouveau choix de parcours.

Les boyaux souterrains s'étendaient en tous sens. « Je cours sur le corps d'une pieuvre, songeait Kaylan, une créature titanesque, échouée là depuis des siècles… » Il interrompit brutalement le cours de ses pensées : il fallait aller de l'avant, atteindre au plus vite l'ultime épreuve, trouver la sortie du labyrinthe !

Le guerrier avait fini par identifier deux parcours distincts. D'un côté, les couloirs originaux : un enchaînement de galeries capricieuses et tortueuses, au sol de pierre usée, suintante d'humidité. Des cours d'eau les avaient probablement creusées sous la ville en des temps reculés.

Une série de passages plus récents compliquaient aujourd'hui le parcours. C'était une succession de galeries étroites aux parois granuleuses. On eût dit des terriers, creusés dans la roche par quelque créature géante.

À plusieurs reprises, Kaylan eut la vision furtive de cafards énormes, plus gros que ces chiens qu'on élevait pour la guerre. Il imaginait leurs corps caparaçonnés de chitine, leurs pattes formidables et leurs mandibules, capables de creuser la roche, de la réduire en poudre... Le guerrier s'efforçait de chasser ces hallucinations inquiétantes.

Il ralentit soudain l'allure et abaissa sa torche pour éclairer le sol. Une odeur puissante, musquée, imprégnait l'endroit. L'air était saturé de ces effluves désagréables, aux lourds relents de pourriture. Kaylan s'accroupit et tendit l'oreille. Là-bas, à une dizaine de mètres, le couloir tournait à angle droit. Fort heureusement, la lueur de son flambeau n'éclaboussait pas la paroi opposée : on n'avait pas pu deviner son approche... Des grognements lui parvinrent. Il éteignit sa flamme et se retrouva plongé dans le noir.

Quand ses yeux se furent accommodés, il distingua une lueur faible. En s'appuyant d'une main à la paroi, il reprit lentement son chemin. Les grognements se firent plus nets. C'étaient des cris gutturaux, une langue que jamais il n'avait entendue, mélange de grommellements et de grondements agressifs. Kaylan finit par atteindre le virage et il s'accroupit à l'abri de la pierre. Il risqua un coup d'œil et découvrit un spectacle surprenant.

À une vingtaine de pas, le couloir s'évasait brutalement, se transformant en une large caverne. Des torches, disposées çà et là sur les murs, éclairaient faiblement ses parois. Une demi-douzaine de créatures de taille moyenne s'y tenaient. C'étaient des humanoïdes musculeux, à la peau verdâtre et luisante. De sa cachette, Kaylan apercevait à peine leurs visages contrefaits. Il crut voir des groins épais, des bras tors, partiellement recouverts de pelage. Cinq d'entre eux étaient accroupis et lui tournaient le dos. Ils écoutaient le sixième, qui se tenait debout face à eux et gesticulait en brandissant un gourdin. Il avait une dentition impressionnante, toute de crocs pointus et allongés. Kaylan faisait des efforts de mémoire désespérés : au cours de ses discussions avec le forgeron de son village, il avait appris de nombreux détails sur les créatures qui peuplaient le monde, mais celles-ci ne lui rappelaient rien.

Il songea un instant à faire demi-tour, mais se reprit : il devait avancer, sans jamais reculer. Il se coucha sur le sol et se mit à ramper en direction de la caverne.

Il progressa ainsi pendant un moment silencieusement pour ne pas trahir sa présence. L'odeur de pourriture devenait presque insupportable. Elle lui faisait penser à ces charognes qu'il découvrait parfois dans les bois autour de son village. Kaylan s'immobilisa : se pouvait-il que ces créatures soient des monstres d'outre-tombe, jaillis des profondeurs de la terre ? Il retint son souffle et observa les humanoïdes. Ils portaient des casques de facture grossière, qui leur protégeaient le haut du crâne et la nuque. Des courroies de cuir croisées sur leurs poitrails rejoignaient de lourdes ceintures, auxquelles pendaient de redoutables marteaux de guerre. Ils étaient vêtus de simples pagnes usés et allaient nus pieds. Leurs mains, griffues et puissantes, semblaient taillées pour le combat. Une autre source lumineuse – probablement un feu de camp – éclairait l'extrémité opposée de la caverne. Le jeune guerrier n'en voyait rien pour l'instant. Il reprit sa reptation silencieuse.

Il n'était plus qu'à quelques mètres des monstres quand l'un d'eux releva subitement la gueule. Il roula la tête en tous sens, humant puissamment l'air avant d'émettre un grognement. Aussitôt, ses compagnons se redressèrent. Ils se dandinaient d'un pied sur l'autre, jetant des regards soupçonneux aux alentours. Leur chef leva son gourdin au-dessus de sa tête et aboya des ordres brefs.

Kaylan comprit qu'ils ne tarderaient pas à le découvrir. Il choisit de tout miser sur l'effet de surprise. Poussant un rugissement, il plongea vers les monstres.

La mêlée fut brève et terriblement meurtrière.

Kaylan atteignit d'un bond le premier de ses adversaires et le pourfendit d'un seul coup de son épée. Le monstre glissa au sol sans un cri. Les autres se jetèrent sur le jeune homme, qui évita la charge en effectuant un roulé-boulé. Il se rétablit, et transperça de sa lame un assaillant. Ce dernier s'affaissa à son tour avec un hoquet de surprise. Sans le moindre répit, Kaylan poursuivit son ballet mortel. Il pivota sur lui-même et balaya l'espace d'un large mouvement, atteignant à toute volée deux autres adversaires, qui s'effondrèrent avec une plainte aiguë. Kaylan se jeta en arrière pour éviter un coup de marteau. L'arme siffla au ras de son visage et percuta violemment le sol dans une gerbe d'étincelles. Dans le même mouvement, Kaylan se fendit. Son épée frappa le casque du monstre, qui se déforma sous l'impact. La bête grimaça avant de tomber en arrière.

Le guerrier était à bout de souffle. Il réunit ses dernières forces. Sur sa droite, un monstre plongeait sur lui, un marteau à la main. Kaylan, sans chercher à parer l'attaque, fléchit simplement les genoux. Le coup le frôla sans dommage. Le jeune homme accompagna le mouvement et saisit le bras de son agresseur. Il effectua une violente rotation et l'envoya voler contre la paroi rocheuse. Le monstre heurta la muraille avec un bruit mat avant de s'étaler sur le sol dans une posture de poupée désarticulée. Kaylan fit volte-face et leva son épée. Il para trois attaques d'un dernier adversaire.

C'était une créature plus grande et plus puissante que les autres. Le chef de la meute, en désespoir de cause, s'était décidé à attaquer à son tour…

Kaylan grimaçait sous l'effort. Il avait dépensé beaucoup d'énergie dans l'affrontement et peinait à repousser son assaillant. Il faiblissait rapidement, et la bête le savait. Une pluie de coups s'abattit sur Kaylan, qui finit par lâcher son arme. Il vit avec horreur son épée voler à travers la caverne, tandis que le monstre, sûr de sa victoire, fondait sur lui en hurlant.

Dans un ultime effort, Kaylan se jeta sur les genoux et évita le marteau de guerre. Puis il se détendit complètement pour bondir en avant. Il porta un formidable coup de tête au monstre, qu'il atteignit sous le menton. Un craquement sec se fit entendre et les deux combattants roulèrent sur le sol de la caverne.

Kaylan sentait ses dernières forces l'abandonner.

« Je suis perdu », songea-t-il.

Il sombra dans l'inconscience.

Quand il se réveilla, son corps était douloureux. Il s'ébroua. Il était allongé sur la pierre humide, le corps sans vie d'un monstre gisant en travers de sa poitrine. Avec un frisson de dégoût, il se libéra de ce poids et se remit sur pied. Il aperçut les dépouilles de ses six adversaires. Contre toute attente, il en était venu à bout, seul ! Si seulement son ami le forgeron avait pu être là pour le voir ! Il aurait certainement été fier de son élève…

Il récupéra son épée, puis il entreprit de fouiller la caverne.

L'endroit était vaste. Un campement de fortune avait été dressé dans son extrémité la plus reculée. Des tentes aux bâches grossièrement ravaudés abritaient des paillasses répugnantes de crasse. Elles étaient disposées en cercle, au milieu duquel brûlait un feu de camp. Kaylan découvrit avec étonnement que le bûcher n'était pas alimenté par du bois, mais par de curieux champignons, épais et compacts. Il en découvrit une réserve dans un coin et en préleva quelques-uns, qu'il glissa dans son sac. L'odeur immonde était plus forte ici. Il fronça les narines et, surmontant sa répugnance, se força à achever sa visite du campement.

La découverte qu'il fit alors le glaça d'effroi. Contre la paroi, des reliquats de repas avaient été négligemment jetés. Kaylan recula précipitamment, les yeux écarquillés d'horreur.

Les créatures qu'il avait éliminées étaient cannibales…

Ainsi, Arh'En Dal ne s'était pas trompé : les forces des Ténèbres avaient envahi les souterrains, Kaylan en avait maintenant la preuve !

Il ferma les yeux et soupira longuement. Il savait à présent le sort abominable des malheureux qui l'avaient précédé dans le labyrinthe souterrain…

12

Un frôlement, dans l'ombre, fit sursauter le guerrier : quelqu'un arrivait !

Il fit volte-face, l'épée à la main, s'apprêtant à engager un nouveau combat.

– Kaylan ! C'est moi !

Sheelba jaillit des ténèbres et le guerrier se détendit. Il était épuisé. Pris de vertige, il mit un genou à terre.

La jeune femme s'approcha de lui et remarqua ses contusions.

– J'ai ce qu'il te faut, dit-elle doucement.

Sheelba pansa les plaies de Kaylan. Elle alluma un feu, prépara des infusions et lui fit avaler une mixture infecte, qu'il manqua de recracher.

– Ma maîtresse m'a enseigné bien des choses, lui murmurait-elle. Ses remèdes te sauveront.

Quelques heures plus tard, le breuvage fit son œuvre. Ils éteignirent le feu et repartirent côte à côte.

Kaylan avançait, la mine sombre :

– Voilà où m'a mené mon stupide orgueil ! Sans toi…

Il n'acheva pas sa phrase. Sheelba lui posa un doigt sur les lèvres :

– N'en dis pas plus. Tu ne me dois rien. Et tu auras sans doute l'occasion de me sauver à ton tour : nous ne sommes pas au bout de nos peines.

Il acquiesça, reconnaissant :

– Soit. Considère-moi dorénavant comme ton obligé.

Elle laissa fuser un rire flûté :

– Vous voilà fort civil, chevalier…

Il rit à son tour et passa les bras autour de sa taille. Elle ne lui opposa aucune résistance quand il l'attira contre lui. Kaylan s'enhardit. Il approcha son visage de celui de Sheelba :

– Peut-être même sommes-nous faits pour marcher l'un à côté de l'autre ?

Il accentua la pression de ses bras et se pencha un peu plus.

Alors que ses lèvres allaient se poser sur celles de la jeune femme, des applaudissements retentirent, faisant tressaillir les deux jeunes gens.

– Magnifique spectacle, bravo !

Kaylan s'était retourné, faisant à Sheelba un rempart de son corps :

– Qui va là ?

Il scruta l'obscurité en vain. La voix tomba à nouveau de nulle part :

– Holà ! Tout doux, compagnons ! Je m'émerveillais de ce touchant tableau, ne vous emportez pas !

Kaylan reconnut enfin son interlocuteur. Il sentit la colère lui empourprer le visage :

– Ça suffit, Shaar-Lun. Montre-toi !

La voix souffla à son oreille :

– Soit, mais contrôle ton agressivité, chevalier.

Shaar-Lun écarta les pans de son manteau sombre, révélant sa présence. Il se tenait contre la paroi, à deux pas du couple. Il s'en éloigna et exécuta un salut comique, qui fit pouffer Sheelba :

– Shaar-Lun, pour vous servir, mes doux seigneurs !

Kaylan ne partageait pas la gaieté de la jeune femme. Il s'approcha du vagabond.

– Tu étais là depuis longtemps ? lui demanda-t-il sèchement.

Shaar-Lun ignora son agressivité. Il tendit les mains devant ses yeux comme pour vérifier l'état de ses ongles, puis repartit sur un ton badin :

– Mmmh ? Comment dire ? Je suis Sheelba depuis le début…

La jeune femme manqua de s'étouffer.

– Quoi ? s'écria-t-elle. Tu m'as suivie tout ce temps sans jamais te manifester ?

Ses yeux lançaient des éclairs, et elle faisait des efforts pour se contenir. Shaar-Lun tenta de l'adoucir :

– Quand tu as quitté le groupe, j'ai craint pour toi. Je me suis éclipsé à mon tour, et j'ai marché dans tes traces, prêt à te venir en aide. Je dois reconnaître que mes talents de sentinelle m'ont permis de me débarrasser deux ou trois fois de rôdeurs qui s'apprêtaient à te surprendre…

– Je n'en crois pas un mot, cracha-t-elle, tu inventes ces exploits pour justifier ta présence !

Shaar-Lun plongea les mains dans ses poches et en extirpa deux bracelets de cuivre ouvragé, ainsi qu'une dague noire à la lame effilée :

– Et j'aurais ramassé ces babioles sur le sol ?

Elle se calma aussitôt. Il lui tendit les bracelets de cuivre :

– Tiens, lui dit-il, goguenard, je n'ai que faire de ces trophées. Ces bijoux te conviendront mieux. Par contre…

Il fit prestement disparaître le poignard aux reflets de jais :

– Je me réserve l'usage de cette lame !

Sheelba le fixait intensément. Elle cherchait à percer le masque du vagabond, à faire la part de mensonge et de vérité dans son discours. Il lui fit un sourire charmeur :

– Et je ne demande aucune reconnaissance pour t'avoir sauvé la vie !

Sheelba ne savait plus quoi dire. Elle se tourna vers Kaylan.

Le guerrier écumait :

– Il aurait été plus courageux de marcher devant Sheelba, plutôt que de la laisser affronter seule ses adversaires !

Shaar-Lun leva un sourcil :

– Elle s'en est bien tirée !

Il fit mine de réfléchir, puis poursuivit :

– Et pourquoi donc aurais-je ouvert la voie ? Pour l'insigne honneur de vous savoir reconnaissants ?

Il exécuta une révérence avant de continuer, pince-sans-rire :

– C'est trop, mes doux seigneurs, c'est vraiment trop !

Kaylan faillit perdre son sang-froid, mais Sheelba se dressa devant lui, apaisante :

– Inutile de le chasser. Il trouvera toujours moyen de nous suivre à la trace. Au contraire : faisons front commun. Nous aurons plus de chances de sortir de ces maudits souterrains !

Kaylan finit par acquiescer, de mauvaise grâce :

– C'est bon. Mais épargne-nous tes sarcasmes !

– À la bonne heure ! rétorqua le vagabond. Et pour vous prouver ma bonne volonté, je m'en vais faire un feu !

Il fouilla dans son sac et en extirpa un petit brasero de cuivre. Il prit une fiole, qu'il vida en partie dans le récipient. Puis il fit claquer son briquet. Bientôt, une douce chaleur émana du brasero. Shaar-Lun invita les deux jeunes gens à le rejoindre :

– Prenez place et réchauffez-vous, nous en avons tous besoin !

Sheelba s'installa la première. Elle découvrait avec intérêt le matériel du vagabond. Un astucieux système de panneaux de cuivre masquait les flammes, mais laissait libre le souffle du foyer. On pouvait ainsi profiter de la chaleur sans risquer de révéler sa présence à d'éventuels maraudeurs. Sheelba tendit les mains et les frotta doucement sous la caresse du feu. Shaar-Lun surprit son regard :

– Lorsque j'ai quitté la guilde des mendiants, j'ai pris soin d'emporter avec moi certains objets parmi les plus pratiques…

Elle ne répondit pas et se contenta de l'observer à la dérobée. Vraiment, ce garçon était fascinant. Sheelba aurait été incapable de se prononcer à son sujet : était-il inquiétant ? Attirant ? Elle se mordit les lèvres. Il serait toujours temps de répondre à ces questions plus tard !

Ils purent se reposer pour la première fois depuis longtemps, assurant la garde à tour de rôle.

Au réveil, ils se sentaient tous trois en bien meilleure condition. Kaylan s'approcha de Shaar-Lun :

– Mettons mon agressivité sur le compte de la fatigue. J'espère que tu me pardonneras…

Shaar-Lun fronça les sourcils :

– Je ne vois pas de quoi tu veux parler…

Kaylan lui en sut gré. Le vagabond se montrait grand seigneur…

Ils reprirent leur progression à travers le labyrinthe. Après une bonne heure de marche, ils découvrirent une énorme porte à double battant qui obstruait le passage. Ils s'en approchèrent avec précaution et inspectèrent les lieux. Shaar-Lun sortit sa dague et sonda le portail monumental.

Il hocha la tête :

– C'est bien ce que je pensais : c'est un alliage de bronze. Inutile d'essayer de l'enfoncer, nous nous y briserions l'échine !

Il jeta un regard circulaire et leva un sourcil en avisant les niches creusées dans la pierre de chaque côté de la porte. Deux séries d'encoches peu profondes couraient sur la paroi. On ne les apercevait qu'en examinant les lieux avec minutie. Il les désigna à ses compagnons de la pointe de son arme : les premières se situaient près du sol, les autres beaucoup plus haut sur la paroi. Kaylan l'interrogea du regard, mais Shaar-Lun haussa les épaules.

Sheelba s'approcha de lui :

– Nous ne pouvons pas l'enfoncer, c'est établi. Mais...

– Oui ?

Elle demanda, embarrassée :

– Tu connais peut-être un moyen de l'ouvrir ?

Shaar-Lun, visiblement ravi, fit une révérence :

– Ce sera un plaisir, ma dame !

Il s'agenouilla devant le portail et rejeta les pans de son manteau par-dessus ses épaules. Il fit craquer ses doigts et fouilla les poches de son gilet pour y prendre un jeu de clés et de crochets. Le visage fermé, il se concentra sur la grosse serrure qui condamnait l'ouverture. Il dut s'escrimer de longues minutes avant qu'un premier déclic se fasse entendre.

Il se retourna vers ses compagnons et leur adressa un clin d'œil avant de retourner à son ouvrage. Un nouveau cliquetis résonna dans le couloir. Shaar-Lun blêmit.

– Ce n'est pas moi qui…, commença-t-il.

Il bondit sur ses pieds avec une souplesse féline et fit volte-face.

– Contre le mur, vite ! hurla-t-il.

Ses compagnons, sidérés, tardèrent quelque peu à réagir. Dans leur dos, un nouveau bruit métallique se fit entendre. Une partie de la voûte s'abaissa brusquement, libérant une énorme bille de pierre qui roula vers eux dans un fracas épouvantable.

Shaar-Lun saisit fermement Sheelba à l'épaule. Il l'attira à lui et la souleva du sol pour la plaquer contre la muraille de pierre :

– Mets tes pieds dans les encoches ! haleta-t-il.

Sans même réaliser ce qu'elle faisait, la jeune femme glissa ses pieds dans les cavités, en chercha d'autres à tâtons et s'y cramponna de toutes ses forces. Shaar-Lun bondit à son tour, tandis que Kaylan l'imitait grimpant sur l'autre paroi. Ainsi suspendus, ils attendirent le passage du bloc de granit. La boule les effleura, faisant trembler tout le corridor sous son poids et alla fracasser le portail dc bronze, qui céda sous l'impact. La déflagration fut telle que les trois jeunes gens furent jetés au sol.

Kaylan, livide, considérait la masse de granit qui avait achevé sa course folle à quelques pas de lui. Shaar-Lun fut le premier sur pied. Il aida Sheelba à se relever.

– Au moins, le piège nous aura ouvert la porte ! La voie est libre !

Kaylan les rejoignit, l'œil sombre :

– Tu as failli nous tuer tous, lui reprocha-t-il. Tu n'as pas repéré le piège !

– C'est vrai, reconnut le vagabond. Mais j'ai compris ce qui allait se passer, et j'ai trouvé la solution.

Kaylan ne sut que répondre : ce diable de vagabond avait raison, il lui devait la vie…

Sheelba se dressa sur la pointe des pieds et déposa un baiser sonore sur la joue de Shaar-Lun.

– Merci !

Shaar-Lun sut, sans même le dévisager, que le guerrier le foudroyait du regard. Il se garda bien de se tourner vers lui. Ce n'était ni le lieu ni l'heure pour un duel…

Il franchit la lourde porte de bronze :

– Si vous voulez bien me suivre…

13

Derrière le portail s'ouvrait une immense salle de réception rectangulaire, au milieu de laquelle se dressait une estrade de pierre surmontée d'un trône d'onyx. De part et d'autre de la structure s'alignaient des rangées de fauteuils, sculptés eux aussi dans la roche. L'ensemble était colossal.

Sheelba siffla avec admiration :

– Tout ceci n'a pu être conçu que par magie…

Shaar-Lun secoua la tête :

– Pas forcément. Les gnomes des abysses excellent dans la création de galeries et l'excavation.

Kaylan haussa les épaules :

– Il n'y a pas de gnomes des abysses dans ce pays ! Ce ne sont que légendes !

Shaar-Lun montra les dents :

– Bien sûr, guerrier ! C'est du moins ce que nous sommes parvenus à faire croire à la population de Selenæ pour ne pas l'affoler. Mais penses-tu que la guilde s'est installée elle aussi sous la ville sans avoir négocié quelques menus services avec ce peuple fascinant ?

Sheelba s'approcha du vagabond et lui saisit le bras :

– Tu veux dire… que nous sommes sur le territoire des gnomes des abysses ?

– Non, répondit-il après une hésitation. Ni sur celui de la guilde, hélas. Les gnomes monnayent fort cher leurs talents. Ce sont probablement eux qui ont conçu le piège du couloir. Nous entrons sur le territoire de certains de leurs alliés… parmi les plus puissants.

Il fit un geste circulaire pour désigner l'ensemble de la pièce :

– Il a fallu faire preuve de persuasion pour obtenir une œuvre aussi colossale…

Les murs de la salle étaient masqués par des tentures de toile pourpre. Le plafond se trouvait à plus de cinq mètres au-dessus d'eux, et les lueurs de leurs flambeaux ne parvenaient pas à l'éclairer.

Il se dégageait de l'endroit un fort sentiment de malaise et d'oppression. Shaar-Lun s'approcha d'une série de torches murales fixes. Il y bouta le feu, et les flammes ne tardèrent pas à s'élancer vers la voûte. Sheelba étouffa un cri.

Elle tendit une main tremblante :

– Regardez ! Là-haut !

Ils levèrent la tête et découvrirent des fresques abominables peintes sur le plafond. Tout n'était que douleur et souffrance, enchevêtrements de visages grimaçants, de regards suppliants et de gestes désespérés…

– C'est… c'est obscène ! murmura Sheelba, horrifiée.

Shaar-Lun, toujours silencieux, achevait de faire le tour de la salle. Tout en marchant, il allumait une à une les torches fixées au mur. Bientôt, la pièce fut baignée d'une lumière crépusculaire, qui soulignait la sanguine des tentures. Il se tourna vers ses compagnons :

– Avez-vous observé les sièges ?

Kaylan vint se placer devant l'un des fauteuils de pierre, et ce qu'il découvrit augmenta encore son trouble.

– Qu’est-ce que c’est que cette abomination ?

Il balbutiait, et se sentait sur le point de basculer dans la folie :

– Qui… qui a pu concevoir… une telle…

– Je crois avoir compris où nous nous trouvons, dit le vagabond d’une voix blanche. Il faut partir !

Sheelba plissait le front d’un air buté :

– Non ! Pas avant de savoir ! Je veux comprendre !

Shaar-Lun soupira, résigné :

– Soit. Viens voir…

Elle s’approcha et découvrit à son tour le spectacle d’une structure organique, représentant des yeux et des bouches empilés. Elle porta une main à ses lèvres :

– Qu’est-ce qu…

Kaylan lui passa un bras autour des épaules. Shaar-Lun partit vers les tentures, qu’il écarta d’un geste violent. Derrière les toiles pourpres, ils virent une succession de geôles réduites, placées les unes à côté des autres. Chaque cellule était fermée par des barreaux d’acier. Aux murs, on avait scellé des menottes et des chaînes. Certaines maintenaient encore des squelettes de petite taille, figés pour l’éternité dans des postures d'épuisement. Kaylan et Sheelba déglutirent avec peine.

Shaar-Lun s'éclaircit la voix :

– Voilà tout ce qui reste des gnomes des abysses qui ont construit cet endroit…

Son visage s'assombrit, et il finit d'une voix grondante :

– Voilà ce qu'on encourt quand on choisit d'honorer le Maître des Ténèbres !

Sheelba ne comprenait toujours pas. Elle refusait de croire ce qu'elle voyait :

– Ce n'est pas possible, ce n'est pas possible…

Shaar-Lun durcit le ton :

– Si. Et nous devons quitter cet endroit au plus vite. Je ne souhaite pas me trouver là quand le maître des lieux reviendra avec ses troupes pour la prochaine cérémonie…

Sheelba ne l'écoutait plus. Elle s'était éloignée de Kaylan et s'avançait vers le trône, une main en avant, comme hypnotisée. En tout point semblable aux autres sièges, le fauteuil paraissait palpiter. Il s'animait à l'approche de la jeune femme. Sheelba ne parvenait plus à en détacher son regard. Elle tendit les doigts pour en caresser la surface.

– Non, Sheelba !

Shaar-Lun avait crié dans son dos, trop tard !

Elle frôla la structure.

– N'y touche pas !

Derrière elle, Shaar-Lun s'était élancé en hurlant d'une voix que la peur rendait stridente. Mais Sheelba n'était plus maîtresse de ses mouvements. Elle pouvait presque caresser la sculpture. *Toutes ces bouches fermées étaient comme autant de baisers qui effleuraient sa peau…*

Soudain, les bouches s'ouvrirent toutes grandes, dévoilant des rangées de crocs acérés. Elles se métamorphosaient en gueules immondes, qui allaient déchiqueter ses doigts !

Sheelba sentit un choc violent dans ses reins et partit rouler sur le côté. Shaar-Lun, en plongeant, avait réussi à l'écarter du trône. Au passage, son manteau avait frôlé la pierre : les bouches avides avaient claqué, lacérant l'étoffe.

Sheelba, hébétée, dévisageait ses compagnons :

– Que… que m'arrive-t-il ? Où suis-je ?

Elle fut agitée de soubresauts et fondit en larmes. Shaar-Lun l'enlaça doucement :

– C'est fini, c'est fini…

Kaylan s'approcha du trône. Il le fixait avec horreur :

– Quelle est cette diablerie ?

Il leva son épée et voulut en frapper la structure. Shaar-Lun intervint de nouveau :

– Non Kaylan ! Surtout pas ça !

Le guerrier suspendit son geste. Il se retourna vers le vagabond :

– On ne peut pas laisser cette… chose derrière nous ! Il faut la détruire !

Il se tourna à nouveau vers le trône d'onyx.

– Si tu le touches, il te détruira ! cria Shaar-Lun derrière lui.

Kaylan se figea, interloqué. Shaar-Lun aida Sheelba à se relever et l'entraîna à l'écart. Ensuite, il se plaça au côté du guerrier. Il extirpa de son sac une fronde et un boulet d'acier.

– Regarde bien…

Il fit voler le projectile, en calculant habilement sa trajectoire pour qu'elle le mène droit sur le trône. Kaylan frémit en constatant que les multiples yeux suivaient la bille de fer. Les gueules s'ouvrirent, prêtes à happer. Le boulet n'atteignit pas sa cible. Les yeux s'étaient soudain illuminés, foudroyant le projectile, qui explosa avant de retomber sur le sol en une pluie d'éclats fumants.

Kaylan était abasourdi :

– Par la Lune sombre !

Mais Shaar-Lun lui saisit l'épaule et le fit pivoter.

– À l'abri, vite !

Déjà, les yeux tournaient en tout sens, cherchant à localiser celui qui les avait agressés. Ils ne tardèrent pas à repérer les deux fuyards et s'enflammèrent de nouveau.

Kaylan et Shaar-Lun n'eurent que le temps de rejoindre Sheelba à l'abri d'une rangée de fauteuils de pierre. Les rayons mortels ricochèrent sur les dossiers des sièges, arrachant des éclats de roche qui s'éparpillèrent autour des jeunes gens en myriade d'aiguilles acérées. Chacun se protégeait tant bien que mal en se couvrant la tête de son manteau.

Les rayons frappèrent encore, puis le calme revint, et avec lui le silence.

On n'entendait plus que la respiration saccadée des trois champions. Shaar-Lun secoua son manteau déchiré pour en chasser les échardes de roche.

Kaylan saisit soudain le voleur à l'épaule et le força à lui faire face :

– Tu en sais plus que nous ! J'exige des explications !

Sa voix grondait.

– Tu ne comprends donc pas ? répondit Shaar-Lun avec mépris. Nous sommes sur le territoire des forces du Mal ! On les croyait massées derrière les montagnes brumeuses, mais on se trompait ! Elles sont là, sous la ville ! Elles s'apprêtent à gangrener Selenæ. Elles ont investi les souterrains ! La gueule du Dragon leur appartient, et nous, pauvres crétins, nous y avançons en aveugles !

Shaar-Lun écarta une tenture, dévoilant un couloir qui partait se perdre dans le noir. Il allait s'y engager quand Sheelba le retint.

– Ressaisissons-nous, leur dit-elle, ces disputes nous affaiblissent. Nous devons rester solidaires et groupés si nous voulons avoir une chance d'atteindre l'ultime épreuve !

Les deux hommes baissèrent la tête. Sheelba avait raison !

Shaar-Lun, sans un mot, reprit la tête du petit groupe et partit en reconnaissance dans la galerie. Kaylan le rattrapa :

– Nous réglerons tout cela au terme du parcours…

Le vagabond se contenta de hocher la tête.

Il attendrait son heure.

14

Shaar-Lun ouvrait la marche depuis quelques heures. En éclaireur avisé, il conservait toujours une certaine avance sur ses compagnons. Il n'utilisait pas de torche, et progressait à tâtons dans le noir, ne se fiant qu'à son ouïe et à son instinct de chasseur.

Sheelba et Kaylan suivaient à distance. Les deux jeunes gens s'éclairaient de leurs flambeaux. Le guerrier et la magicienne s'étonnaient des compétences de leur compagnon : Shaar-Lun était très habile ; son appartenance à la guilde des mendiants y était sûrement pour quelque chose… Kaylan ne comprenait pas ce qui l'avait poussé à revenir à Selenæ : quand on quittait la guilde, tout retour était impossible… Mais Shaar-Lun l'avait-il vraiment quittée ?

Shaar-Lun apparut soudain devant eux. Une ride soucieuse barrait son front.

– Je crois que nous avons tous besoin de repos…, commença-t-il à voix basse.

– Ça, tu peux le dire !

La voix inconnue avait claqué dans la galerie, figeant les trois champions.

Kaylan fit volte-face, épée haute. Il fouillait les ténèbres des yeux. Shaar-Lun, sans un mot, était reparti dans l'ombre. Sheelba n'osait plus faire le moindre mouvement.

– Qui êtes-vous ? demanda-t-elle d'une voix lasse.

La voix tomba à nouveau, surgissant de tous côtés :

– Un ami je suis ! Rien à craindre de Lucius, ça, non ! Lucius, il veut vous aider !

Le silence retomba sur le couloir, où on n'entendait que la respiration saccadée de Kaylan et Sheelba. Shaar-Lun réapparut enfin. Il signifia sa totale incompréhension d'un mouvement d'épaules. Les murs alentour avaient répercuté la voix de telle sorte qu'elle avait semblé provenir de la roche elle-même… Kaylan, agacé, fouetta l'ombre de la pointe de son épée. Ne rencontrant que le vide, il rengaina son arme.

– Si on avait voulu nous attaquer, on l'aurait déjà fait, dit-il calmement.

– Exact ! Le guerrier est malin, c'est bien ! Lucius, il sait reconnaître l'intelligence, oui !

À nouveau la voix avait retenti dans le boyau rocheux. Les trois jeunes gens s'étaient placés dos à dos dans un réflexe de défense. Ils attendaient que leur mystérieux interlocuteur se manifeste.

Ce dernier se matérialisa brusquement devant Sheelba, qui réprima un cri de surprise. Sous ses yeux avait bondi une espèce de fantôme décharné.

C'était un homme hirsute, aux longs cheveux bruns et à la barbe fournie. Il étendait ses membres démesurés, gesticulant sans fin. Effroyablement maigre, il faisait penser à une araignée – « …ou à un poulpe », songea Sheelba. Il allait les pieds nus. Son torse creux aux côtes saillantes était en partie masqué par sa barbe noire et drue. Il roulait des yeux fous. Enfoncées dans leurs orbites, leurs prunelles étincelaient dans son visage crasseux.

– Lucius, il voit bien que vous êtes pas méchants, dit-il en guise de présentation.

Il exécuta une courbette maladroite et se redressa aussitôt, sur le qui-vive. Sheelba, d'abord interdite, se reprit rapidement et lui tendit la main :

– Je suis Sheelba…

Il considéra ses doigts avec circonspection. Il semblait s'interroger sur la signification d'un tel geste. Shaar-Lun se racla la gorge :

– En voilà un qui paraît avoir égaré son esprit au cœur du labyrinthe…

À ses mots, l'homme se redressa vivement et le toisa du regard :

– Lucius, il n'est pas fou, ça non ! Lucius, il est très intelligent ! Il est malin !

Il aboyait presque ses mots, scandant chaque phrase comme si sa vie en dépendait. Il approcha de Shaar-Lun en remuant ses bras immenses. Il poursuivait sur le même rythme saccadé :

– Lucius, il a survécu dans les souterrains, il les connaît ! Les autres, ils essaient toujours de le rattraper, de lui faire du mal, mais Lucius, il est trop fort pour eux !

Shaar-Lun recula, sur la défensive. L'homme se tourna vers Sheelba. Posant sa main en cône, en une tentative grotesque de lui délivrer un message discret, il hurla :

– Lucius, il sait où se cacher ! Il connaît des passages secrets, des grottes ! Lucius, les couloirs, c'est chez lui !

Joignant le geste à la parole, il fit demi-tour en les invitant à le suivre. Il bondit dans le boyau souterrain.

Les jeunes gens eurent du mal à le suivre. Leur hôte étrange se déplaçait dans le noir avec une aisance stupéfiante.

Kaylan se figura quelque animal sauvage, une créature hybride, rompue à tous les déplacements dans les corridors de pierre. Le guerrier s'interrogeait en silence : quelles souffrances avaient réduit le malheureux à cet état ? Depuis combien de temps survivait-il ici ? L'homme les menait à un train d'enfer, et Kaylan dut se concentrer pour ne pas risquer la chute. Il se promit de trouver les réponses à toutes ses questions plus tard.

Ils bifurquèrent plusieurs fois, empruntant des couloirs tortueux. Ils suivaient un ancien cours d'eau, dévalant les pentes ou les remontant pour s'adapter aux caprices du terrain.

Bientôt, Shaar-Lun lui-même s'avoua perdu :

– Je ne sais plus où nous sommes ! Ce fou furieux nous a égarés… Nous ferions mieux de le planter là et de rebrousser chemin. Il est bien capable de nous ramener à notre point de départ, si on le laisse nous guider à cette allure !

L'homme l'interrompit sans se retourner :

– Non ! Lucius, il sait où il va !

Comme pour confirmer ses dires, il s'arrêta peu après dans une petite grotte et leur désigna une des parois.

– On est arrivé ! triompha-t-il.

Abasourdi, Kaylan regardait la muraille.

– C'est… là que tu voulais nous amener ?

Le dément éclata d'un rire douloureux, qui secoua toute sa carcasse. C'était un bruit caverneux, à mi-chemin entre le cri de joie et la suffocation plaintive.

– Lucius, il n'est pas comme vous, dit-il en écrasant une larme. Il sait… Il va vous montrer.

Il posa la main sur un point précis de la roche et appuya de tout son poids. Un bruit métallique se fit entendre, et toute une partie de la muraille s'effaça, comme happée par la voûte. Kaylan retint un juron : derrière la paroi, une grotte parfaitement éclairée les attendait. L'homme s'était redressé avec fierté :

– Alors ? Lucius, c'est un menteur, peut-être ?

Kaylan, époustouflé, secoua la tête.

– N… non, bredouilla-t-il. Lucius est très fort.

Le dément les invita à entrer dans son refuge. Dès qu'ils furent tous à l'intérieur, l'homme referma derrière lui la paroi de pierre, qui reprit sa position initiale dans un chuintement discret.

– Il faut faire vite, leur dit-il comme pour s'excuser, sinon les monstres, ils vont trouver la cachette de Lucius, et il devra encore déménager !

Kaylan se crut victime d'une hallucination. Il se tourna vers ses compagnons :

– Je rêve, non ?

Sheelba elle aussi semblait effarée. Shaar-Lun, quant à lui, se contentait d'une moue dubitative. Il balaya le décor des yeux.

C'était proprement incroyable…

15

Les trois héros se crurent un instant abusés par leurs sens : au lieu d'une grotte nauséabonde et humide, ils découvraient l'antichambre d'un palais de rêve, un appartement royal…

Le sol marqueté de bois précieux était recouvert de tapis. Sur les murs lambrissés, tendus de soie et de velours, on avait disposé avec goût des tableaux magnifiques. D'imposantes bibliothèques laissaient entrevoir les tranches de grimoires aux reliures de cuir frappé d'or. Un bureau d'ébène, quelques fauteuils et un lit à baldaquin venaient compléter harmonieusement l'ensemble. Dans une niche murale, un gigantesque aquarium enfermait des poissons aux nageoires mordorées, dont les danses hypnotiques captivaient le regard… Des brûle-parfums diffusaient des senteurs enivrantes.

Éberlués, Kaylan et ses compagnons se mirent à déambuler au hasard, ne sachant quoi regarder, tant le spectacle était fascinant. Ils venaient de découvrir le repaire secret d'un monarque, le dernier refuge de quelque prince richissime…

Ils constatèrent qu'il n'y avait pas d'autre issue que le sas qu'ils avaient emprunté… Qui avait pu vouloir s'installer en un tel endroit, dans quel but ?

– Ce n'est pas possible, balbutiait Sheelba, ça ne peut pas être vrai, pas ici…

Des appliques de nacre, placées aux quatre murs de la salle, diffusaient une lumière chaude et agréable. La jeune femme s'en approcha et, se dressant sur la pointe des pieds, y découvrit des petites billes translucides qui scintillaient de mille feux.

– Des étincelles de fées ! Je n'en avais jamais vu !

Elles se tourna vivement vers Kaylan :

– Ce sont des pierres précieuses très rares, qui ont la propriété de conserver les sorts de lumière qu'on leur lance. Ainsi, elles constituent des sources lumineuses perpétuelles…

Kaylan se pencha à son tour au-dessus des coquillages. Il fut fasciné par les perles qui se reflétaient sur leurs surfaces brillantes.

– Où sommes-nous, par la Lune sombre ?

Partagé entre la joie et l'angoisse, il fit demi-tour et avisa Shaar-Lun. Ce dernier s'était approché du bureau et s'y était installé sans aucune gêne. Il avait pris place dans un haut fauteuil et feuilletait des documents avec intérêt.

Kaylan le rejoignit :

– Tu… tu as une idée ?

Shaar-Lun releva la tête. Son regard était flou. Il cilla plusieurs fois avant de répondre au guerrier :

– Oui. Je crois que je sais où nous sommes…

Il pointait le doigt sur un parchemin étalé devant lui.

– C'est un plan de la gueule du Dragon…

Kaylan sentit ses jambes vaciller :

– Tu veux dire…

Le visage de Shaar-Lun s'illumina :

– Oui, tu as très bien compris : nous allons pouvoir nous diriger dans le labyrinthe ! La sortie n'est plus très loin…

Ils restèrent un moment silencieux, mesurant l'importance de leur découverte. Puis ils partirent tous deux d'un fou rire qui les épuisa. Ils pleuraient et riaient à la fois, incapables de maîtriser leurs émotions. Sheelba, interdite, se laissa tomber sur le lit.

– Nous serons bientôt sortis, répétait-elle, nous serons bientôt dehors…

La voix de leur hôte les ramena à la réalité :

– Non. Lucius, il ne croit pas. On ne peut pas sortir de la gueule du Dragon, pour sûr : personne ne peut !

L'homme leur présenta une vasque d'argent, dans laquelle étaient disposés des fruits exotiques appétissants.

– Mangez, les encouragea-t-il, c'est bon !

Joignant le geste à la parole, il saisit une espèce d'agrume à la peau verte et croqua dedans. Le fruit était gorgé d'un jus pourpre, qui dégoulina sur sa barbe. Lucius réitéra son invitation. Sheelba fut la première à réagir. Elle choisit un bulbe jaune d'or, qu'elle pela avec soin, révélant des quartiers sombres. Lentement, elle en porta un à ses lèvres. Le goût était légèrement amer, mais très agréable.

Elle dévora le reste du fruit sans remords. Lucius était ravi :

– Oui ! C'est bien ! Reprenez, reprenez !

Elle se servit de bon cœur, bientôt imitée par Kaylan. Shaar-Lun ne partageait pas leur enthousiasme :

– D'où tiens-tu cette nourriture ? demanda-t-il à Lucius. Qui te l'apporte ?

Le dément répondit tout en mastiquant :

– Lucius, il sait pas. Il vient là quand il a faim, et il trouve toujours à manger dans la coupe. Là, c'est des fruits. Des fois, c'est de la viande. Mais c'est bon, toujours ! Il faut manger !

Shaar-Lun secoua la tête, buté :

– Non, merci. J'ai ce qu'il me faut.

Il montra sa besace et en tira quelques dattes et des abricots secs. Lucius se désintéressa de lui et partit à l'opposé de la pièce. Une autre niche dans le mur contenait des flacons de cristal. Il servit à ses invités un vin délicieux, délicatement parfumé. Une nouvelle fois, Shaar-Lun déclina l'offre, tandis que ses compagnons se délectaient.

– J'espère que vous survivrez à ce festin, grinça-t-il.

Puis il reporta toute son attention sur le plan des souterrains.

Kaylan s'essuya la bouche d'un revers de main et entreprit d'interroger Lucius :

– Tu vis ici depuis longtemps ?

Lucius hocha la tête :

– Oui, pour sûr ! Lucius, il a toujours habité ici !

Sheelba détailla les hardes du malheureux puis, méfiante, lui désigna la pièce au décor magnifique :

– Tu veux dire que tout ceci est à toi ?

Lucius secoua la tête :

– Non, non ! Lucius, il habite dans les galeries. Ça, il l'a trouvé un jour, en appuyant sur les murs.

Il se pencha en avant et plaça sa main en cône pour hurler :

– Ici, c'est la cachette de Lucius !

Puis il se mit à chuchoter :

– Mais faut pas le dire, sinon, après, il y aura plein de monde, et Lucius, ô, pauvre de lui, il ne pourra plus entrer… Trop de gens, plus assez de place !

Kaylan rejoignit Shaar-Lun pour étudier le plan avec lui. Le babillage du dément le mettait mal à l'aise.

– Tout ceci ferait de nous des hommes riches..., murmura le vagabond.

Le guerrier se crispa :

– Qu'est-ce que tu veux dire ?

– Admettons que nous sortions de ces galeries... À combien estimes-tu la valeur marchande d'un tel document ?

Il se mit à rêver, les yeux dans le vague :

– Je connais des mendiants qui tueraient pour ça. Tu te rends compte ? Un réseau souterrain, parcourant toute la ville, permettant à ses propriétaires d'entrer et sortir où bon leur semble...

Kaylan s'étouffa en comprenant quel était le projet du vagabond :

– Encore faut-il que nous en sortions vivants ! Et tu oublies une donnée essentielle : les armées des Ténèbres y ont élu domicile. Voilà des locataires qui seront difficiles à déloger !

Shaar-Lun fit le geste de chasser une mouche imaginaire :

– Ce ne sont que quelques équipes, des avant-postes tout au plus. Nous ne sommes que trois, mais une organisation plus importante peut parvenir à ses fins sans trop de problèmes… Elle pourrait régner sur la ville souterraine, en faire un nouveau royaume !

Excédé, Kaylan l'interrompit :

– Tu divagues. Tu as sans doute oublié les raisons qui nous ont poussés à entrer dans la gueule du Dragon ?

– Peut-être n'avions-nous pas les mêmes motivations…

Ils s'affrontèrent un moment du regard. Kaylan fut le premier à ciller. Il détourna la tête :

– Fais comme tu veux. J'ai d'autres chats à fouetter !

Il fit mine de s'éloigner, se ravisa et se pencha vers le vagabond :

– Mais enfin, par la Lune sombre ! Rien ici ne te choque ? Tu trouves tout normal ?

– Va jusqu'au bout de tes pensées, guerrier…

– Ce… Lucius, poursuivit Kaylan à mi-voix, comment connaît-il cet endroit ? Comment en a-t-il trouvé l'accès ?

– Il l'a expliqué à Sheelba.

Kaylan secoua la tête, insatisfait :

– Non. Ça ne tient pas debout, et tu le sais. Pour découvrir ce lieu, il fallait être là à la création des corridors…

– Ou connaître un de ceux qui les ont construits, le coupa Shaar-Lun, songeur.

– Tu me suis… Il y a donc plus urgent que tes projets d'enrichissement personnel.

Ils se levèrent et, sans un mot, s'approchèrent de Lucius.

– Il faut que nous parlions, lui dit doucement Shaar-Lun.

Lucius, la bouche pleine, les accueillit avec une expression béate :

– C'est bon, hein ? Vous en voulez encore ? Lucius, il adore ça !

Shaar-Lun s'assit à côté de lui et passa un bras autour de ses épaules :

– Vois-tu, dit-il sur le ton de la confidence, il y a bien des choses qui nous troublent ici…

Lucius dodelinait de la tête, les sourcils froncés. Il peinait à suivre le discours du vagabond :

– Vous n'êtes pas bien ? Vous voulez partir ?

– Non, continua Shaar-Lun, simplement… Nous aimerions savoir d'où tu viens, Lucius. Qui tu es vraiment.

Sa voix était devenue peu à peu glaciale. Lucius se dépêcha d'engloutir une énorme bouchée :

– Vous êtes en colère ? Lucius, il a rien fait de mal…

Sheelba perçut sa détresse et vola à son secours :

– Ne t'inquiète pas, mes amis veulent juste mieux te connaître.

Elle jeta un regard lourd de reproches à Shaar-Lun, qui ne lui prêta aucune attention. Il observait le visage du dément, attentif à sa plus petite réaction. Il cherchait à percer le masque de folie : Lucius jouait-il la comédie ?

Le malheureux se gratta la barbe, l'air piteux. Il faisait des efforts de mémoire :

– Lucius… Il est entré un jour dans les souterrains. Il y avait plein de fumée, et d'autres, comme vous, avec Lucius.

– Bien, l'encouragea Kaylan, et ensuite ?

– Après, Lucius et les autres, ils ont avancé dans les galeries, et il y a eu des monstres, beaucoup de monstres ! Et il y a eu des combats, et des coups, et du sang…

Il cessa brusquement son discours, et frissonna. Les yeux rivés au sol, il paraissait revivre des souvenirs terribles. Sheelba, émue, s'approcha et lui posa une main sur l'épaule :

– Laissez-le, souffla-t-elle. Vous voyez bien que vous le faites souffrir.

Kaylan l'écarta doucement mais fermement :

– Nous avons besoin d'en savoir plus sur cet hôte trop providentiel…

Sheelba regardait Lucius : les yeux du malheureux n'étaient plus que des gouffres sans fond.

Il prit une profonde inspiration, et se mit à parler.

Il leur narra ses aventures, son errance au cœur des souterrains, les cauchemars éveillés qu'il avait vécus depuis son entrée dans la gueule du Dragon. D'une voix d'outre-tombe, il décrivit par le menu les pièges et les horreurs rencontrés, et la manière quasi miraculeuse dont il en avait réchappé. Sheelba, Kaylan et Shaar-Lun buvaient ses paroles : ce n'était plus le dément qui parlait, mais un homme meurtri, un autre Lucius.

Ils avaient à présent affaire à l'aventurier qui était entré dans les corridors bien avant eux, et non plus à un pauvre fou qui y divaguait depuis trop longtemps. Peu à peu, ils parvinrent à reconstituer son itinéraire.

Lucius s'était réfugié, pour survivre, dans une espèce d'état hallucinatoire. Il s'était muré dans un univers personnel, à mi-chemin entre rêve et réalité. Pour le pauvre homme, le labyrinthe ne représentait plus qu'un gigantesque jeu de cache-cache, dans lequel il suffisait d'éviter les monstres errants pour gagner. C'était cela : Lucius jouait, depuis des lustres, à un jeu mortel…

Quand il eut fini, il étouffa un sanglot. Il se ressaisit aussitôt et se tourna brusquement vers les trois compagnons :

– Lucius, des fois, il raconte des histoires tristes, hein ?

Il semblait attendre un témoignage complice. Sheelba, interdite, resta sans réaction. Kaylan soupira, abattu. Shaar-Lun finit par secouer la tête.

– D'accord, admit-il. Il ne fait pas semblant. Il a survécu aux épreuves précédentes et il a fait de ces couloirs son territoire. Mais cela ne nous dit pas *pourquoi* il n'a jamais osé sortir des couloirs…

À ces mots, Lucius bondit sur ses pieds.

– Il ne faut pas sortir des couloirs, hurla-t-il. Là-bas, c'est la mort qui vous attend ! Il faut rester dans les couloirs ! On y est bien !

Il agitait en tout sens ses bras et ses jambes décharnés sous les regards éberlués des trois jeunes gens.

– Les moines ne comprennent pas, non ! Ils ne savent pas voir, non ! Mais Lucius, ça, pour sûr, il sait voir ! Et Lucius, ça, oui, il a tout compris !

N'y tenant plus, Shaar-Lun l'interrompit :

– Les moines, dis-tu ? Que sais-tu des moines ? Mais qui es-tu donc, par la Lune sombre ?

Les yeux plissés, le dément semblait fouiller au plus profond de sa mémoire. Il s'exclama soudain :

– Veneur je suis, oui ! À la recherche des animaux perdus je vais, oui !

Il se tut pour reprendre son souffle, renifla bruyamment en se passant plusieurs fois la main sous le nez, puis reprit :

– Des animaux, mais des hommes aussi, oui ! Ils savent se dissimuler, mais Lucius, toujours il les trouve, ça oui ! Parfois même, ils se transforment !

Aucun des trois champions n'osaient plus le troubler. Lucius était sur le point de leur révéler un élément essentiel, ils le pressentaient. L'énergumène poursuivit son discours, martelant ses mots :

– Oui ! C'est vrai ! Lucius, il dit la vérité, toujours ! Des fois, les hommes se changent en animaux pour échapper aux forces des Ténèbres ! Ils modifient leurs visages, ils se déguisent ! Mais Lucius, lui, il les reconnaît, il les réunit ! Grâce à Lucius, ils vivent tranquillement dans les galeries ! Grâce à Lucius, oui ! Brave Lucius !

– Il parle de garous ! gémit Sheelba. Il nous décrit des êtres mi-hommes, mi-bêtes.

Lucius se laissait emporter par son excitation :

– Oui ! Oui ! Les monstres, dans les galeries : c'étaient des hommes, avant ! Et ils sont entrés dans les armées du Mal, ils ont changé ! Mais Lucius, il sait, il voit leur vrai visage !

Kaylan fit claquer sa langue avec agacement.

– Assez perdu de temps, dit-il sèchement. On ne va pas passer des heures à écouter ce dément.

Il commença à s'éloigner.

– Attends ! cria Sheelba dans son dos.

Le guerrier s'arrêta, excédé :

– Quoi encore ?

Sheelba le supplia :

– Je voudrais encore parler avec lui… Accorde-moi quelques instants…

Sa voix était si vibrante que Kaylan n'eut pas le cœur de rejeter sa demande. Il s'assit au pied d'une muraille, en une posture d'ennui sans équivoque : les bras posés sur ses genoux repliés, l'œil sombre.

Sheelba dévisagea Lucius avec insistance :

– Tu connais les souterrains, n'est-ce pas ? Tu les parcours depuis longtemps…

L'homme hocha frénétiquement la tête :

– Pour sûr ! Lucius, il connaît très bien les souterrains ! Lucius, il a vaincu les souterrains ! Il est le plus fort !

Sa tirade fut ponctuée d'un ricanement ironique. Shaar-Lun s'impatientait à son tour. Lucius se mordit la lèvre inférieure en considérant les mines peu amènes des deux hommes. Il s'anima soudain et saisit la manche de Sheelba :

– Toi ! Tu es la plus sensée : viens, suis-moi !

Elle blêmit, lançant à ses compagnons des regards implorants tandis que le curieux personnage l'entraînait vers la sortie. Il ouvrit le sas et s'enfonça avec la jeune femme dans le dédale ténébreux. Kaylan et Shaar-Lun eurent tout juste le temps de les suivre avant que la porte ne se refermât.

Lucius marchait à un train d'enfer à travers les corridors obscurs. Ils dévalèrent un boyau qui s'enfonçait en pente raide dans les profondeurs de la terre et parvinrent à une salle creusée dans la roche. C'était une espèce de temple, dont l'édification n'avait jamais été achevée.

Un autel de pierre s'y dressait. Lucius le contourna et invita Shaar-Lun à approcher sa torche de la paroi. Ils découvrirent ainsi un bas-relief sculpté au ras du sol.

Lucius haletait comme un chien fou :

– Alors ? Vous voyez ? Vous comprenez ?

La frise représentait un chef de guerre caracolant en tête de ses armées. Les soldats avaient des faces animales, ils brandissaient des marteaux de guerre.

– Les armées des Ténèbres, grogna Kaylan. On reconnaît les monstres qui errent dans les couloirs !

Lucius hocha la tête :

– Oui, c'est ça ! Souvent, ils viennent ici, ils chantent, ils crient devant la table... Il y a un homme en noir qui hurle, et ils répondent ! Lucius, il les entend, il les surveille.

Shaar-Lun examina l'autel avec effroi : quel culte odieux les armées du Mal pouvaient-elles célébrer en ces lieux ?

Un frisson lui glaça l'échine.

Sheelba s'était agenouillée devant le bas-relief. Elle étudiait minutieusement les représentations.

– Regardez, dit-elle d'une voix blanche en désignant le chef des armées, on dirait...

Elle déglutit péniblement.

Les mots tardèrent à franchir ses lèvres :

– On... *On dirait l'Empereur-Mage*.

16

Kaylan blêmit en découvrant le personnage. C'était bien l'Empereur-Mage, à la tête des armées des Ténèbres. L'homme qui levait haut son glaive et dirigeait le déferlement des hordes noires n'était autre que le monarque de Selenæ !

– Non, c'est trop énorme ! balbutia-t-il. Il doit y avoir une explication.

– Une provocation ? avança Shaar-Lun sans trop y croire. Les sculpteurs qui ont fait cette frise sont eux-mêmes des suppôts des Ténèbres, ils peuvent avoir pris un malin plaisir à représenter ainsi notre protecteur…

Mais les mots sonnaient étrangement faux dans sa bouche. Il s'en aperçut, se mordilla la lèvre.

Lucius attrapa la manche de Sheelba.

– Tu vois, haleta-t-il, tu comprends ? Il est là, dehors. Il vous attend !

– Que… Quoi ?

Sheelba était comme ivre : elle aurait aimé s'allonger là, sur le sol, et ne plus bouger jusqu'à l'arrivée des commandos de monstres. En même temps, elle savait qu'il ne fallait pas se résigner, qu'elle devait poursuivre la lutte. La jeune femme serra les poings et secoua la tête furieusement :

– Non, dit-elle en se redressant, ce n'est pas possible ! C'est un nouveau piège tendu sur notre route : on met à l'épreuve notre fidélité à l'empereur ! Seul un être pur, un esprit fort, pourra lui succéder.

– Erreur ! Faux !

Lucius avait aboyé ses derniers mots. En proie à une agitation incontrôlable, il bondissait çà et là, brassant l'air de ses longs membres. Le visage déformé par la haine, il éructait :

– C'est lui ! C'est l'Empereur-Mage ! Il a attiré les hordes des Ténèbres ! Les monstres, il les commande ! Lucius, il le sait ! Il l'a vu !

Il finit par s'accroupir au sol, prostré, le souffle rauque. Il tourna vers Sheelba son pauvre visage :

ses yeux injectés de sang semblaient voir à travers la jeune femme, et un mince filet de bave coulait de ses lèvres. L'apprentie mage, attristée, voulut se pencher vers lui pour le réconforter. Kaylan l'en empêcha :

– Mais enfin, s'écria-t-il, au comble de la colère, ouvrez les yeux ! Cessez donc de croire aux inventions de ce cerveau malade ! Comment pouvez-vous accepter une seconde l'idée que l'Empereur-Mage soit à la tête de ces armées obscures ? Cela ne peut être qu'une plaisanterie de mauvais goût, une provocation des artisans des Ténèbres ! Ils se sont amusés à donner à leur chef une apparence proche de celle de notre monarque !

– Oui, cela doit être l'explication, renchérit Shaar-Lun. De plus, notre empereur est trop vieux pour agir de la sorte…

Lucius s'agitait toujours :

– Il est pas trop vieux, ça non ! Ça, Lucius, il le dit : l'empereur, il peut pas vieillir ! Toujours vivant il est ! Toujours !

Sheelba passa une main hésitante sur son front. Le discours de Lucius la plongeait dans des abîmes de réflexion : du plus loin qu'elle s'en souvenait, l'actuel monarque avait régné. Son grand-père l'avait connu, son père l'avait connu... L'empereur semblait immortel, et l'on découvrait subitement son grand âge ? Comment l'empereur pouvait-il être trop vieux tout à coup ? Depuis quand parlait-on de l'élection ?

Au fond de son esprit, une petite voix aigrelette s'éleva, l'exhortant à rester sur ses gardes.

Shaar-Lun et Kaylan, le visage grave, s'interrogeaient mutuellement du regard. Ils tentaient tous deux de se raccrocher à leurs certitudes, redoutant le moment où tout basculerait.

– L'Empereur-Mage nous a toujours protégés, souffla Kaylan, il a mis sa magie et ses pouvoirs au service du Bien, il nous défendra encore...

À ses mots, Lucius bondit sur ses pieds et agrippa le manteau de Shaar-Lun :

– Le guerrier aussi, il croit ! Mais toi ? Toi, tu n'es pas bête ! Tu as compris, n'est-ce pas ? Tu sais que Lucius, il a raison !

C'en était trop pour Shaar-Lun : il gifla le dément, qui étouffa un cri de douleur et partit à la renverse.

– Shaar-Lun !

Le cri de Sheelba avait éclaté dans la petite salle. Elle se leva, l'œil noir, et voulut s'interposer entre les deux hommes. Une fraction de seconde trop tard : Shaar-Lun avait déjà plongé sur Lucius. Un genou au sol, le vagabond avait placé sa dague sombre sur la gorge du malheureux.

– Ne bouge pas, tonna-t-il, sinon…

Lucius s'étranglait, il lançait des regards terrorisés de droite et de gauche :

– Pas faire mal à Lucius, suppliait-il, pas tuer pauvre Lucius ! Lucius, gentil il est, ça oui !

Shaar-Lun, insensible à ses suppliques, écarta la barbe hirsute du dément d'un geste lent. Du bout des doigts, il saisit un bijou éclatant, rattaché à une chaîne d'or :

– La voilà, la merveille…

Il s'écarta légèrement, invitant ses compagnons à découvrir l'objet de sa convoitise.

– Regardez, leur dit-il dans un souffle. Je l'ai aperçu quand Lucius a roulé au sol.

C'était une pierre précieuse, finement travaillée et enchâssée dans un médaillon brillant. Le joyau somptueux luisait dans le noir. Shaar-Lun, fasciné, le faisait rouler doucement dans ses doigts.

– Magnifique, murmurait-il. Extraordinaire…

Kaylan s'éclaircit la voix :

– Tu ne vas pas…

– Pour qui me prends-tu ? Je n'en suis pas à détrousser les mendiants !

Il se releva souplement et jeta un regard de biais à Lucius :

– Quoique… Voilà un « malheureux » qui porte un bijou princier !

– Il l'aura trouvé dans les appartements secrets, glissa Sheelba d'une toute petite voix, il ne pensait sûrement pas à mal…

Shaar-Lun chassa cette idée d'un revers de main dédaigneux :

– Après tout, pourquoi pas ? J'ai d'autres chats à fouetter… Quand reprenons-nous la route ?

Kaylan demeura silencieux, hésitant. Sheelba, elle aussi, paraissait incapable de prendre une décision. Shaar-Lun lâcha, excédé :

– Bien ! Pendant que vous vous occupez de ce malade, je pars en reconnaissance.

Il indiqua du doigt un boyau tortueux qui s'ouvrait à l'autre extrémité de la grotte et semblait remonter vers la surface :

– Je vais explorer le terrain de ce côté-là. J'espère qu'à mon retour vous aurez pris une décision. Faute de quoi, je continuerai seul.

Il s'éloigna rapidement, les laissant seuls dans le temple de pierre.

Le silence retomba sur les lieux.

Lucius resta coi un long moment, les yeux rivés vers la galerie, reniflant nerveusement. Il redoutait visiblement le retour de Shaar-Lun. Enfin, le dément bondit sur ses pieds et fit signe à Kaylan et Sheelba de le suivre en silence. Courbé en deux, un doigt sur les lèvres, il ressemblait à un vieil enfant jouant à cache-cache.

Lucius s'accroupit devant la sculpture et leur désigna un nouveau détail :

– Regardez ! Là aussi, il y a l'empereur !

Kaylan et Sheelba s'agenouillèrent et le guerrier approcha sa torche. Les flammes vinrent lécher la paroi humide, et leur halo mit en valeur la précision du travail des graveurs.

L'empereur était représenté assis sur son trône, dans une posture altière. Il tenait un sceptre dans une main, de l'autre il brandissait un glaive à la lame de feu. Le côté droit de son visage était pâle, presque blanc, le gauche était d'une noirceur insondable. Ses yeux écarquillés semblaient défier les observateurs. Sa moitié claire souriait paisiblement, tandis que son pendant sombre dévoilait des crocs acérés…

Fascinés, Kaylan et Sheelba crurent entendre un ricanement sardonique ricocher dans leurs esprits meurtris.

– Voilà, dit Lucius, vous avez vu : l'empereur, il a un double visage ! Lucius, il le savait, mais vous, pauvres de vous, non !

Il baissa la voix et poursuivit sur un ton de conspirateur :

– L'empereur, il a un envoyé. Un homme de confiance, oui, un guerrier caché dans les souterrains qui tue les champions ! Comme ça, très peu arrivent au bout de l'épreuve, oui, très peu ! Il rôde, il est partout. Attention : il est ici, il est là et, pfuitt ! il disparaît…

Lucius stoppa net sa litanie. Il resta prostré, bouche bée, le regard perdu.

– Ce malade me fatigue, râla Kaylan. À force de l'écouter, nous finirons par craindre nos propres ombres !

Sheelba ne partageait pas son avis.

– Mais tu ne comprends pas, haleta-t-elle, c'est lui ! C'est un traître ! Il est converti aux forces des Ténèbres, il ne s'est mêlé à nous que pour mieux nous éliminer un à un !

– Qui, lui ? De qui parles-tu, par la Lune sombre ?

– C'est Shaar-Lun. C'est lui, l'envoyé du Mal…

Kaylan redoutait ces mots depuis un certain temps déjà : Sheelba n'avait peut-être pas tort… Les questions affluaient, pêle-mêle, dans son cerveau fatigué. Comment le vagabond s'en était-il toujours tiré ? Avait-il une chance insolente, ou disposait-il d'alliés, qui évitaient de s'en prendre à lui ?

Le guerrier fronça les sourcils :

– Non, ce n'est pas possible. Il n'aurait pas pu abuser Arh'En Dal… Le grand prêtre de la Lune sombre l'aurait identifié…

Il tentait de repousser ces idées funestes, mais le doute s'était insinué en lui comme un poison. Kaylan baissa la tête, vaincu : il faudrait se méfier dorénavant. Ne plus jamais accorder confiance au vagabond…

Il interrogea Sheelba à mi-voix :

– Mais pourquoi ne nous a-t-il pas éliminés ?

Les yeux clairs de Sheelba se voilèrent un instant.

– Sans doute s'amuse-t-il un peu avant la mise à mort, glissa-t-elle d'une voix blanche.

Les pas précipités de Shaar-Lun les firent sursauter. Kaylan adressa une supplique muette à sa compagne, qui lui ordonna le silence d'un geste discret.

Le vagabond les rejoignit, essoufflé.

– Ils arrivent, murmura-t-il, tout un escadron. Ils seront là dans quelques instants.

Kaylan et Sheelba s'interrogèrent à nouveau du regard : le vagabond leur disait-il la vérité ? N'était-ce pas un piège destiné à les jeter dans la gueule du loup ? Shaar-Lun perçut leur défiance. Il les considéra, l'œil mauvais et hocha la tête :

– Il faut vous décider ! Je ne les attendrais pas avec vous…

Kaylan se força à réagir :

– Que proposes-tu ?

Déjà, Shaar-Lun se dirigeait vers la galerie qui les avait conduits jusqu'à ce temple de pierre :

– On repart sur nos pas ! Il faut quitter cet endroit au plus vite !

Il y avait dans la voix de Shaar-Lun des accents de sincérité qui achevèrent de les convaincre. Cédant à la panique, ils lui emboîtèrent le pas. Ils s'élancèrent dans le corridor humide comme si une armée de diables hurlants était lancée à leur poursuite. Shaar-Lun, comme à l'accoutumée, les devançait de quelques foulées. Sa cape lui dessinait la silhouette dansante d'une chauve-souris. Le vagabond avançait sans la moindre hésitation, dans le plus complet silence.

Kaylan, Sheelba et Lucius, hors d'haleine, peinaient pour ne pas se laisser distancer.

Soudain, Shaar-Lun effectua une rapide volte-face, avant de plonger vers ses compagnons. Kaylan, surpris, étouffa un juron :

– Qu'est-ce que… ?

Shaar-Lun, le regard dur, se jeta sur le guerrier.

17

Sheelba n'eut pas le temps de crier, tant l'attaque de Shaar-Lun avait été fulgurante. Les mains en avant, il avait plaqué Kaylan contre la paroi. La tête du guerrier heurta la roche, il gémit de douleur et leva le bras pour frapper Shaar-Lun… mais resta interdit, le poing en l'air. Le vagabond lui avait posé la main sur la bouche pour le bâillonner.

– Chut ! Plus un bruit : une autre patrouille approche ! Nous sommes pris entre deux feux !

Ébahie, Sheelba serrait de toutes ses forces le manche de son poignard. Elle restait là, indécise. Son regard allait de l'un à l'autre. Fallait-il frapper ? Attendre ?

Shaar-Lun ne lui prêtait aucune attention. Les traits tirés, il se tourna vers Lucius :

– À toi de jouer, souffla-t-il. Tu es le seul à pouvoir nous sortir de là : existe-t-il une issue ?

Déjà, l'écho des pieds griffus martelant le sol se rapprochait. Lucius secoua sa crinière crasseuse. Il faisait des efforts de concentration. Son visage s'illumina soudain :

– Oui, hurla-t-il sans se soucier de la présence des troupes des Ténèbres, oui ! Lucius, il sait quoi faire !

Il rebroussa chemin, invitant ses compagnons à le suivre. Ils dévalèrent la pente humide. Sous leurs pieds, le sol incertain menaçait de les faire chuter à chaque enjambée : les cailloux roulaient, la mousse se détachait en blocs épais, gorgés d'humidité. Derrière eux, des cris éclatèrent, suivis d'un bruit de cavalcade.

La poursuite s'engageait.

Les quatre fuyards couraient à perdre haleine, ricochant d'une paroi à l'autre dans l'étroit boyau. Au prix d'efforts surhumains, ils retrouvèrent le temple de pierre. En y entrant, Kaylan dérapa et partit en vol plané. Il effectua un roulé-boulé qui l'envoya heurter de plein fouet l'autel noir. Il cria de rage et de douleur et se remit sur ses jambes en dégainant son épée. Des deux extrémités de la grotte leur parvenaient les hurlements des soldats des Ténèbres. Ils allaient surgir d'un instant à l'autre ; l'affrontement était désormais inévitable.

Sheelba bondit à l'abri de l'autel. Elle fouilla en hâte les poches secrètes de son manteau et en extirpa les précieux ingrédients. Ils allaient lui permettre de lancer ses sorts destructeurs. Shaar-Lun se drapa dans son long vêtement et disparut dans l'ombre.

Lucius, sans leur accorder la moindre attention, s'escrimait contre la muraille granitique. De ses longs doigts, il caressait la frise rocheuse, glissant ses ongles sales entre les plus petits interstices.

– C'est par là, gémissait-il, c'est par là…

Un déclic se fit entendre, suivi d'une exclamation de victoire :

– Ça y est ! Lucius, il a trouvé !

Une partie de la paroi venait de s'effacer, libérant le passage.

Sheelba, incrédule, risqua un œil par-dessus son épaule. Elle découvrit un couloir ouvragé, parfaitement rectiligne, qui remontait vers la surface. Le sol était dallé, les murs ne présentaient aucune trace d'humidité. Elle fronça les sourcils : quelle était encore cette folie ?

Le cri guttural d'une première créature bondissant dans le temple la rappela à la réalité.

La bête avait surgi de la galerie obscure, un marteau de guerre à la main. Kaylan la cueillit d'un violent moulinet de son épée. La lame atteignit le monstre à la gorge. Il partit à la renverse, et s'effondra dans les jambes de celui qui le suivait. Ce dernier roula à son tour sur le sol en jurant. Un troisième assaillant sauta par-dessus les deux corps et atterrit face à Kaylan. Le jeune homme, ramenant vivement son glaive devant son visage, para la première attaque. Les aciers de leurs armes s'entrechoquèrent, envoyant voler une gerbe d'étincelles. Kaylan ne chercha pas à utiliser son épée : il frappa du coude, accompagnant l'attaque de tout son poids. Il toucha la bête au milieu du visage. Les yeux révulsés, la créature glissa au sol, inerte. Un nouvel adversaire se présentait déjà. Le jeune guerrier, hors d'haleine, se prépara à l'assaut.

Deux monstres, marteaux en main, débouchèrent dans le temple par l'autre galerie. Ils s'arrêtèrent à l'entrée, méfiants. Mal leur en prit : jaillissant de nulle part, Shaar-Lun sembla se matérialiser dans leur dos. En expert, il frappa deux fois de sa lame de jais. Deux plaintes lugubres s'élevèrent, tandis que les monstres s'effondraient. Le vagabond eut à peine le temps de pivoter sur lui-même pour affronter les renforts. Il lança son bras en avant, au jugé, et atteignit une des bêtes au poitrail. Il l'effleura à peine, mais le monstre s'étrangla de douleur. Il bondit en arrière pour se mettre hors d'atteinte, et hurla quelque chose dans son langage. Aussitôt, le désordre le plus complet régna dans le corridor. Shaar-Lun, stupéfait, vit les créatures refluer pêle-mêle, en proie à une terreur insurmontable.

Interloqué, il considéra sa dague : la lame semblait luire de mille feux... Elle palpitait dans sa main et il croyait l'entendre rugir de contentement. Il cligna plusieurs fois des paupières, résistant à l'envie de la jeter au loin, et resserra ses doigts sur le manche d'onyx. Sans plus chercher à comprendre, il s'empressa de rejoindre Kaylan.

Le guerrier ferraillait avec l'énergie du désespoir. Sa lame décrivait des arcs de cercle sanglants, qui tenaient ses adversaires à distance. Mais la meute se pressait devant lui, et Kaylan sentait venir le moment où il se verrait submergé…

Sheelba entra à son tour dans la danse : mains ouvertes, elle libéra des étincelles de feu, qui traversèrent le temple en sifflant. Les projectiles incandescents atteignirent leurs cibles, leur arrachant des glapissements plaintifs.

– Vite, tonna soudain Lucius dans leur dos, vite ! Sinon, la porte, elle va se refermer !

D'un même mouvement, les trois compagnons bondirent dans le couloir qui s'ouvrait dans la muraille.

La porte se referma aussitôt, interdisant le passage aux hordes des Ténèbres. Des cris de frustration s'élevèrent. Kaylan eut encore le temps d'entrevoir les poings dressés, les marteaux brandis, les gueules hérissées de crocs…

Et puis ce fut le noir.

Et le silence.

Kaylan était couvert de sueur :

– J'ai bien crû que cette fois, c'était fini…

– Moi aussi, admit Shaar-Lun. Il est grand temps pour nous de sortir de ces couloirs. Nous allons perdre l'esprit si nous restons ici trop longtemps.

Sheelba fouilla dans son sac et en extirpa une petite pierre lumineuse. Ses compagnons reconnurent une des étincelles de fées qui brillaient dans les appartements princiers. Le visage de la jeune femme s'empourpra.

– Je… je n'ai pas pu résister ! bredouilla-t-elle. Je… je savais que nous en aurions besoin tôt ou tard…

Le vagabond haussa les épaules, sans se départir de son expression ironique. Un halo bleuté éclairait leurs visages, soulignant les cernes de fatigue. Sheelba fit un pauvre sourire à ses compagnons. La magie l'avait vidée de son énergie, elle devrait récupérer des forces avant de reprendre le chemin. Shaar-Lun sortit de sa besace de quoi faire un feu, et distribua à chacun une poignée de fruits secs. Ils mangèrent sans parler, les yeux braqués sur les flammes. Seul Lucius remuait encore nerveusement. Il s'accroupissait, se levait, et accompagnait chacun de ses mouvements de gros soupirs, qui finirent par agacer Shaar-Lun.

– Vas-tu rester en place un moment ? lança-t-il, excédé.

Le dément le dévisagea, l'air ravi. Il attendait qu'on daigne lui adresser la parole :

– Lucius, il sait où nous sommes. Pas loin de la sortie, ça, pour sûr ! Lucius, il va vous conduire !

Il indiquait le bout du couloir, qui se muait rapidement en large escalier aux marches de pierre.

– Là-haut, le labyrinthe recommence, mais Lucius, il le connaît bien.

Shaar-Lun se détendit :

– Pardonne-moi, je suis à bout. Tu peux nous guider jusqu'à la sortie ? Nous te protégerons, et tu pourras retrouver l'extérieur...

Lucius secoua la tête, l'air buté :

– Non ! Lucius, il veut pas sortir. Jamais. Dehors, il y a l'Empereur-Mage, et il n'aime pas Lucius !

Sheelba lui posa doucement la main sur l'épaule :

– Tu feras comme tu voudras, Lucius. Tu es libre. Mais... penses-tu pouvoir nous aider à trouver l'arène ?

Le visage de Lucius rayonna. Il bomba le torse et le frappa du poing :

– Sûr ! Lucius, il va vous conduire dès que vous irez mieux. Mais…

Il déglutit bruyamment. Kaylan, intrigué, se pencha vers lui :

– Mais ?

Lucius ressemblait à un enfant pris en faute. Il poursuivit d'une voix blanche :

– Avant… il faut passer Sh'Gh'ott.

Sheelba interrogea Kaylan du regard, mais le guerrier n'avait rien compris aux dernières divagations du dément.

Shaar-Lun déboucha sa gourde de vin et la fit passer :

– Buvons. Reposons-nous. Nous verrons bien, en temps voulu…

L'alcool les réchauffa. Kaylan n'osait plus regarder Shaar-Lun. Le vagabond, conscient de son embarras, respecta son mutisme. Ils ne tardèrent pas à reprendre la route.

L'ascension leur parut interminable. Suant et soufflant, ils grimpaient des volées de marches régulières, qui tournaient à angle droit. Enfin, ils débouchèrent sur une plate-forme d'où partaient quatre galeries. Elles étaient de mêmes dimensions, semblables en tout point, et conduisaient dans quatre directions opposées.

Sans hésiter, Lucius en choisit une et s'y engagea. Secouant la tête d'un air résigné, Kaylan le suivit à pas lourds. Le dément s'était muni d'une torche et avançait tranquillement.

– Ici, il n'y a pas de soldats des Ténèbres, leur expliqua-t-il. On peut prendre de la lumière, on croisera rien. À part Sh'Gh'ott.

Enfin, Lucius les arrêta d'un signe de la main. Ils se regroupèrent autour de lui et découvrirent avec stupeur une fosse profonde qui leur barrait le chemin. Lucius posa un doigt sur ses lèvres et leur fit comprendre par une pantomime qu'il fallait s'approcher sans faire de bruit pour en observer le fond. Kaylan rampa souplement jusqu'au bord du vide. Ce n'était pas assez profond pour être un piège, mais trop large pour n'être qu'un accident de terrain. Au-delà, à une dizaine de mètres, le couloir poursuivait sa route rectiligne… Les parois de la fosse étaient recouvertes d'une plaque de boue grasse et de lichens, qui irradiaient une lueur phosphorescente.

Kaylan se raidit en apercevant des taches claires qui jonchaient le fond de la fosse. C'étaient des ossements, les restes macabres des champions qui les avaient précédés…

Luttant contre le dégoût qui s'emparait de lui, il continua son inspection. Ses yeux s'habituèrent bientôt à l'étrange lueur. Tout au bout de la cavité, des squelettes restaient figés pour l'éternité. Kaylan devina qu'ils avaient tenté de sortir du piège en montant sur les épaules de leurs compagnons d'infortune…

Kaylan ne vit rien d'autre. Il rejoignit ses compagnons et leur fit un rapport détaillé, à voix basse. Lucius secouait la tête, les yeux exorbités :

– Tu n'as pas vu, tu n'as pas compris ! Tant pis : Lucius, il va vous montrer, venez !

Il s'avança à son tour au bord de la fosse, la torche à la main. Il prit une rapide inspiration et lâcha son flambeau, qui tomba en tournoyant dans le bassin obscur. Les flammes grésillèrent au contact du sol poisseux, mais rien ne se produisit. Lucius se rongeait les ongles :

– Regardez !

Dans la lueur dansante de la torche, le sol fut soudain agité d'un tremblement. La vibration s'était fait sentir sous les pieds des champions, qui tressaillirent.

Un nouveau soubresaut souleva le fond de la fosse, qui se déchira, libérant une forme noire. Jaillie de son cocon de tourbe, une énorme chenille se tordait sur le sol. Son cri de colère fit courir un frisson glacé dans le dos des jeunes gens. Le monstre cracha un jet de salive violette vers la torche, étouffant les flammes. Puis la bête entreprit de parcourir la fosse de long en large, à la recherche de quelque proie.

– Qu'est-ce que c'est que cette horreur ? gémit Sheelba.

Lucius rit comme un enfant à qui l'on a posé une question trop simple :

– C'est Sh'Gh'ott !

– Quoi ? grogna Kaylan. Qu'est-ce que tu as dit ?

– Chut, reprit Lucius, doucement ! Sh'Gh'ott, il a de très bonnes oreilles. Lucius, il dit que c'est le dernier gardien. Après, c'est la sortie. C'est dehors…

Il pointait l'autre côté de la fosse, là où le couloir continuait dans l'obscurité.

– On ne peut pas attaquer ce… cette chose, balbutia Sheelba. Autant rebrousser chemin. Il doit bien y avoir une autre sortie.

Lucius l'arrêta et tendit un de ses doigts décharnés vers Shaar-Lun :

– Lui, il peut vaincre !

Shaar-Lun le considéra, ahuri :

– Moi ?

Lucius hochait la tête :

– Oui ! Lucius il le sait, il a vu !

Avec un geste d'une vivacité stupéfiante, il plongea la main sous le manteau du vagabond et en ramena la dague de jais. Shaar-Lun n'eut pas le temps de réagir. Étouffant un juron, il tendit la main ouverte vers le dément :

– Rends-moi ça. Tout de suite.

Sa voix était glaciale :

– Donne. Vite…

Lucius le provoqua en tenant le poignard par la lame :

– Lucius, il a bien vu que tu avais le poignard ! C'est la seule arme qui peut blesser Sh'Gh'ott !

Comme les soldats des Ténèbres, Sh'Gh'ott, il craint les armes obscures !

– Quoi ?

Lucius hochait la tête en tous sens :

– Oui ! Cette dague, c'est une arme du chaos ! Tu l'as trouvée dans les galeries, il n'y a que les forces des Ténèbres qui en possèdent. Elles sont forgées de l'autre côté des montagnes brumeuses. Il n'y a qu'elles pour atteindre Sh'Gh'ott !

Shaar-Lun fixait Lucius. Furieux, il tendit la main grande ouverte :

– C'est bon ! Donne, maintenant.

Lucius lui remit la dague, que le voleur fit aussitôt disparaître dans un repli de son manteau.

– Bien. On repart.

Il fit volte-face et rebroussa chemin dans le couloir.

Kaylan le rattrapa en quelques pas :

– Où vas-tu ?

– Je vais essayer de trouver une autre issue.

Kaylan le saisit par l'épaule :

– Tu restes ici, ou alors tu me laisses la dague. J'irai combattre le monstre si tu as peur.

Shaar-Lun haussa ostensiblement les épaules :

– Je fais ce que je veux. Cette dague est à moi. Je l'ai trouvée. Si tu la veux…

Il s'écarta d'un pas et défia Kaylan du regard :

–… il te faudra venir la chercher.

Kaylan porta la main à la garde de son épée. Sheelba s'interposa :

– Qu'avez-vous encore ? Êtes-vous devenus fous ? Vous allez vous battre alors que nous sommes à quelques pas de la sortie ?

Les deux hommes ne se quittaient pas des yeux, attentifs au plus petit geste, prêts à bondir.

– Ça suffit ! cria Sheelba. Il n'y a pas d'autre issue. Nous devons passer par là. Ce… cette horreur est le dernier gardien.

Shaar-Lun se tourna vers Lucius, qui confirma d'un signe. Le vagabond laissa échapper un long soupir :

– Soit.

Il dévisagea Kaylan :

– Dès que ce sera fini, nous aurons une petite explication, tous les deux.

– À ton service.

Ils retournèrent au bord de la fosse. Au fond, le Sh'Gh'ott continuait de tourner.

– Le Sh'Gh'ott, il est aveugle, expliqua Lucius. Mais il entend très bien et, surtout, il sent la chaleur. C'est la torche qui l'a réveillé. Maintenant, il cherche la chaleur des corps, il… il veut trouver les humains qui se sont aventurés sur son territoire. Quand il a trouvé, il crache son venin et il lance ses filaments. Avec ça, il attrape les hommes et il les étouffe. Après…

Sa voix s'étrangla. Horrifiés, les trois compagnons considéraient l'énorme chenille au corps velu, constellé de longs filaments translucides.

– J'y suis ! siffla Kaylan. C'est avec ses filaments qu'il crée la lumière au fond de la fosse.

– Oui, répondit Lucius. Et le Sh'Gh'ott, il peut dormir très longtemps, comme si sa vie s'arrêtait. Il dort et, quand il se réveille, il a faim, très faim. Et il est très en colère.

Le monstre, en écho à ces mots, émit quelques sifflements stridents. Il enrageait de tourner ainsi en vain.

– Là-bas, poursuivit Lucius en désignant les squelettes entassés contre la muraille opposée, les guerriers, ils se sont sacrifiés pour faire sortir l'un d'entre eux.

Shaar-Lun scruta le visage ravagé de douleur du dément :

– Comment sais-tu tout ça, toi ?

Lucius baissa les yeux, les lèvres agitées de tremblements.

Son visage était inondé de larmes :

– Je… je me souviens, j'étais avec eux…

18

Kaylan et Sheelba restèrent un moment silencieux, bouleversés par la révélation : ainsi, ils avaient vu juste. Lucius était bien un candidat malheureux, qui survivait depuis des années dans les galeries.

La jeune femme s'avança pour l'interroger, mais un sifflement de rage l'interrompit.

– Sh'Gh'ott, il est furieux, balbutia Lucius. Il ne comprend pas pourquoi il n'a pas trouvé de corps dans la fosse. Il va bientôt sortir pour visiter les couloirs…

Kaylan fit volte-face, l'épée à la main. Lucius ne mentait pas : déjà, le monstre s'était dressé de toute sa hauteur et sondait les abords du bassin. Des tentacules gluants prenaient appui sur la paroi…

– Il faut y aller, dit le guerrier. Si on le laisse grimper hors de son trou, il ne nous laissera aucune chance.

Il s'avança et frappa de toutes ses forces. Le fil de son glaive trancha les appendices du monstre, qui replongea au fond de son repaire avec un chuintement de rage. La bête s'affala lourdement sur le sol et se mit à s'agiter en tout sens. Kaylan laissa éclater sa joie :

– Regardez ! s'écria-t-il en désignant les filaments translucides qui gisaient à ses pieds, regardez : il n'est pas invincible ! Je l'ai blessé !

De la pointe de son arme, il pêcha un peu de la substance qui maculait le sol. C'était un sang épais, pâteux, aux reflets d'émeraude.

– Si cette chose peut saigner, déclara-t-il, satisfait, elle peut mourir !

Sans plus attendre, Kaylan ouvrit les bras et sauta dans la fosse en poussant un farouche cri de guerre.

– Non ! Surtout pas !

La mise en garde de Lucius était intervenue trop tard. Déjà, le jeune guerrier se rétablissait sur le sol gluant du bassin. À pas chassés rapides, il se déplaçait dans le dos de la bête, cherchant le meilleur angle d'attaque. Le monstre s'était redressé, et envoyait voler ses filaments. Ivre de colère, il crachait des jets de bave qui éclaboussaient les parois en grésillant. Une odeur acide se répandit dans le bassin, mais Kaylan n'en avait cure. Les yeux rivés sur la bête, il s'approchait toujours un peu plus, prêt à frapper dès qu'il verrait une ouverture…

Affolée, Sheelba se pencha au bord de la fosse. Les yeux exorbités, elle regardait la créature gigantesque dodeliner de la tête, et le guerrier qui se tenait à présent à portée de ses tentacules…

Lucius saisit le bras de la jeune femme.

– Il faut y aller, gémit-il, sinon, le guerrier, il va mourir ! Son arme, elle ne peut rien contre Sh'Gh'ott…

Shaar-Lun s'approcha à son tour :

– Que veux-tu dire ?

Lucius leva sur le vagabond des yeux remplis de larmes :

– Sh'Gh'ott, il ne peut pas être blessé par l'acier ! Il guérit, très vite ! Il va attraper le guerrier et il va lui cracher sa salive ! Il…

Lucius pointa un doigt tremblant en direction des squelettes figés de l'autre côté de la fosse :

– Les amis de Lucius, ils avaient voulu combattre, aussi ! Ils croyaient avoir gagné, et Sh'Gh'ott, il s'est réveillé dans leur dos…

Il s'étrangla soudain, incapable de poursuivre. Sheelba leva vers Shaar-Lun un regard suppliant :

– Tu peux le sauver…

Le vagabond haussa les épaules :

– Moi ? Et pourquoi irais-je risquer ma vie ?

Il étouffa un ricanement satisfait :

– Non. Je vais me contenter de jouir du spectacle. Nous verrons bien ce que peut faire Kaylan-le-preux face à Sh'Gh'ott !

Joignant le geste à la parole, il s'assit au bord du bassin, laissant pendre ses jambes dans le vide. Il plaça ses mains en porte-voix :

– Vas-y, guerrier ! C'est la chance de ta vie : montre-toi à la hauteur !

Kaylan ne l'entendait pas. Le visage ruisselant de sueur, il bondissait et frappait toujours. Ses attaques, d'une redoutable précision, ouvraient profondément les chairs du monstre. Des plaies s'écoulait un liquide poisseux et verdâtre, qui se répandait sur le sol en grésillant. Shaar-Lun, en connaisseur, ponctuait chaque action du guerrier par des applaudissements. Mais l'affrontement s'éternisait, et Kaylan s'épuisait.

Sheelba, excédée, saisit le vagabond par l'épaule et l'obligea à lui faire face :

– Tu… tu vas le laisser mourir, sans réagir ?

Shaar-Lun ne cilla pas :

– Il va se sacrifier pour les beaux yeux d'une magicienne… N'est-ce pas une fin rêvée pour les matamores de son espèce ?

Cédant à un brusque accès de colère, Sheelba le gifla. Shaar-Lun attrapa au vol la main de la jeune femme, lui arrachant un cri de douleur.

Le vagabond était livide :

– Il a succombé à ton charme, ma jeune amie. Il veut te prouver sa bravoure dans le fol espoir de te séduire…

Il baissa la voix et termina dans un souffle :

–… et moi, pauvre imbécile… je suis jaloux…

Il rougit soudain, et lâcha le poignet de Sheelba pour se concentrer à nouveau sur le combat. Là-bas, le monstre avait fini par localiser Kaylan. Sifflant et crachant, il avait acculé le guerrier dans un angle de la fosse. Sheelba constata avec horreur que les plaies de la bête se refermaient les unes après les autres. La magicienne porta une main à ses lèvres :

– Regardez ! Les… les blessures…

Shaar-Lun fronça les sourcils, fasciné par le phénomène. Lucius se pencha à son oreille :

– Je te l'ai dit. Il n'y a que toi pour vaincre Sh'Gh'ott…

Shaar-Lun enfonça la tête dans les épaules.

– Je n'ai aucune raison d'y aller, grogna-t-il.

Sheelba s'agenouilla devant lui et plongea ses yeux dans les siens :

– Tu dois le faire, Shaar-Lun. Je ne te pardonnerais jamais sa mort…

Elle déposa un baiser sur les lèvres du jeune homme, qui recula vivement. Il passa le revers de sa main sur sa bouche, troublé :

– Je… qu'est-ce que tu… N'essaie pas de m'ensorceler !

Les yeux de Sheelba ne le quittaient plus. La voix de la jeune femme était suppliante :

– Shaar-Lun ! Je t'en prie !

Le jeune homme soupira, vaincu :

– Mourir pour un sourire…

Il secoua la tête :

– Faut-il être stupide !

Envoyant voler les plis de son manteau, il se laissa glisser à son tour dans la fosse. Là-bas, le combat était sur le point de s'achever…

Kaylan hurla de douleur quand le premier filament l'atteignit et s'enroula autour de son bras. La sueur qui le recouvrait était entrée en ébullition au contact du câble de chair. La morsure de l'acide fut si vive que le guerrier laissa choir son arme. Il gémit et vacilla avant de poser un genou à terre, épuisé. Il cligna des yeux et se retrouva plongé dans l'obscurité. La bête venait de se dresser de toute sa hauteur et occultait la lueur des flambeaux.

Le monstre faisait claquer ses tentacules dans l'air comme autant de fouets. Sa proie était là, elle ne lui échapperait plus ! Le Sh'Gh'ott cracha un long jet de salive, qui aspergea le torse du guerrier. Kaylan n'eut pas la force de crier. Tétanisé de douleur, il s'effondra.

Le monstre rampa lentement vers la forme chaude qu'il devinait devant sa gueule. Plus rien ne pressait : il allait manger, enfin !

Un choc, à son flanc, l'ébranla soudain. Il ne ressentit pas immédiatement le déchirement. D'abord sourde, la morsure de l'onyx se propagea à ses côtés, courant jusqu'à son cerveau. Alors elle éclata, fulgurante.

Une longue plainte s'échappa de sa gueule gluante. La mort se frayait un chemin dans ses chairs.

Dans son dos, Shaar-Lun frappait, encore et encore. Le monstre agonisait, et le voleur sentait sa victoire proche.

Soudain, l'air sembla s'épaissir.

Incrédule, le vagabond suffoqua. Que se passait-il donc ?

L'atmosphère autour de lui… Oui, c'était bien cela : l'atmosphère prenait consistance ! Le vide durcissait… Une violente explosion le laissa assourdi et paralysé. L'air parut se déchirer devant lui.

Des mains jaillirent de nulle part, elles agrippèrent la dépouille du Sh'Gh'ott, l'entraînant avec elles.

Dans un maelström de fureur, le monstre fut happé.

La vision de Shaar-Lun se troubla… Tout devint flou.

Une nouvelle détonation le jeta au sol.

Debout au bord de la fosse, Lucius psalmodiait :

– Le chaos, le chaos a rappelé sa créature…

Sheelba ne l'entendit pas. Elle descendit au fond du bassin.

– Kaylan ! Non !

Elle s'agenouilla auprès du guerrier inconscient et le prit dans ses bras.

Lucius rejoignit Shaar-Lun :

– Bravo ! Tu es le plus fort, vrai de vrai ! Lucius, il savait que tu y arriverais : tu as une dague d'onyx !

Le vagabond lui sourit amèrement. D'un geste las, il désigna la magicienne :

– J'ai combattu pour rien : elle n'a d'yeux que pour lui…

Il n'eut pas le courage d'en dire plus. Il se dirigea vers la paroi. D'un bond félin, il s'agrippa au rebord et se rétablit dans la galerie.

– Je pars en reconnaissance, dit-il avant de disparaître.

Kaylan mit un long moment à recouvrer ses esprits.

– Où… que… s'est-il passé ? articula-t-il péniblement.

Le visage de Sheelba était serein :

– Chut ! Ne parle pas. Tout va bien. Vous avez vaincu le Sh'Gh'ott…

Kaylan fut secoué d'une violente toux. Il se redressa sur un coude :

– Shaar-Lun ?

Sheelba acquiesça :

– Il s'est décidé à te venir en aide. Tu avais affaibli le monstre et tu accaparais son attention : Shaar-Lun a pu l'achever…

Le guerrier cherchait des yeux la dépouille de la bête :

– Où ?

Sheelba posa un doigt sur ses lèvres :

– Plus tard…

Kaylan sombra à nouveau dans l'inconscience. Lucius et Sheelba veillèrent à ses côtés.

Enfin, Shaar-Lun réapparut au bord de la fosse.

– La voix est libre, se contenta-t-il de déclarer d'une voix neutre.

Il évita de croiser le regard de Sheelba et attendit dans le couloir.

Kaylan reprit enfin conscience. Ils escaladèrent la paroi et rejoignirent le vagabond. Shaar-Lun fit un mouvement du menton :

– Il y a une autre salle, plus loin…

C'était une large pièce au plafond haut et voûté. Le sol dallé de marbre et les murs de calcaire accrochaient la lumière de leurs torches. Des flambeaux étaient disposés à intervalles réguliers sur les parois de pierre. En les allumant un à un, Sheelba révéla le bas-relief qui courait tout autour de la salle.

Les sculptures représentaient des épisodes de l'histoire de Selenæ. La magicienne se courba et entreprit de les déchiffrer. Shaar-Lun l'imita bientôt, promenant sa torche au ras des figurines de pierre pour en découvrir les plus petits détails.

À l'issue de son inspection, Sheelba se redressa et massa ses reins endoloris :

– Le message est clair : l'esprit vient à bout du Mal. Mieux vaut, pour vaincre, réfléchir que frapper…

Lucius hocha la tête.

– Oui, haleta-t-il, oui ! La jeune fille, elle a tout compris ! Oui, c'est bien ça : pour survivre, dehors, il faut combattre avec sa tête ! Ceux qui ont préféré les armes, ils sont morts dans les arènes ! Leurs os, ils blanchissent dans les geôles impériales. Lucius, il le sait bien !

Kaylan réprima un mouvement d'humeur. Il se sentait encore fourbu, et les jacassements de Lucius l'exaspéraient :

– Assez, Lucius, assez : tu ne peux pas savoir ce qu'il y a à l'extérieur ! Tu n'es jamais sorti du labyrinthe…

Lucius se raidit, comme sous l'effet d'une morsure :

– Dehors, l'Empereur-Mage, il vous attend. Il vous tuera. Pour sûr…

Il releva la tête d'un mouvement brusque et ajouta à l'adresse de Sheelba :

– Et Lucius, il vous regrettera, ça, pour sûr !

Mais Sheelba ne l'entendait plus. Fronçant les sourcils, elle fixait les bas-reliefs. Quel message caché recelaient-ils ? Qui avait gravé ces tableaux dans la pierre ? Quelle était la véritable nature de l'Empereur-Mage ? Quel était le prix à payer pour régner sur Selenæ, pour venir à bout de la gueule du Dragon ? Quelle malédiction justifiait depuis des années cette élection meurtrière ?

Une petite voix s'éveilla dans l'esprit de la jeune femme. D'abord lointaine, simple murmure, elle se mua peu à peu en hurlement de terreur…

19

Shaar-Lun se redressa :

– À présent, il faut repartir.

Sheelba releva la tête :

– Attends encore un peu : Lucius n'est pas en état de nous suivre…

Shaar-Lun secoua la tête :

– Non, Sheelba. Lucius reste ici. Il ne vient pas avec nous.

– Quoi ? s'emporta la jeune femme. Comment oses-tu ? Lucius nous a sauvé la vie ! Grâce à lui, nous n'avons pas été piégés par le Sh'Gh'ott, nous avons échappé aux armées des Ténèbres…

Le regard glacial de Shaar-Lun la fit taire :

– Nous avons affronté tous nos adversaires, et nous nous sommes imposés.

Sans plus lui prêter attention, le vagabond tourna les talons.

Sheelba fit une dernière tentative :

– Viens avec nous, dit-elle à Lucius d'une voix suppliante. Tu peux sortir, nous allons t'aider, te protéger…

Une lueur s'alluma dans le regard de Lucius. Il passa doucement deux doigts sur la joue de Sheelba :

– Tu es gentille. Lucius, il t'aime beaucoup…

Elle hochait la tête, l'encourageait. Lucius penchait la tête de côté, il semblait voir à travers Sheelba. Elle lui saisit la main, mais il se dégagea brusquement. La lueur dans ses yeux s'éteignit, et Lucius battit des mains :

– Vous allez gagner, Lucius, il en est certain ! Il va vous regretter, ça, oui ! Mais il ne vient pas. Lucius, il ne veut plus sortir. Il reste dans les souterrains.

D'un geste large, il désigna le décor qui les entourait :

– C'est son royaume ! Le royaume de Lucius ! Lucius, il règne sur ces souterrains, oui !

– Il est temps de partir, Sheelba, murmura Kaylan.

Elle baissa la tête, vaincue :

– Je vous suis…

Les trois compagnons reprirent leur progression dans le couloir. Kaylan était maussade, Sheelba perdue dans ses pensées. Ils avançaient mécaniquement, désireux d'en finir au plus tôt. « Tout droit, c'est la sortie », avait dit Lucius. Depuis, ils marchaient, silencieux.

Shaar-Lun, plus solitaire que jamais, s'était peu à peu laissé distancer par ses compagnons. Kaylan jetait des regards par-dessus son épaule, pour s'assurer que le vagabond les suivait. Il mit d'abord le retard de Shaar-Lun sur le compte de la lassitude, mais comprit vite qu'il s'agissait de mauvaise volonté. Excédé par cette attitude, le guerrier s'impatienta :

– Alors ? Tu viens, oui ou non ?

Shaar-Lun s'était arrêté une dizaine de pas derrière eux. Faiblement éclairé par le halo de la torche de Sheelba, il dansait d'un pied sur l'autre.

– Je… je pensais à Lucius. Il ne peut pas continuer à errer dans le labyrinthe. Tôt ou tard, il croisera les hordes noires. Sa fin sera terrible…

D'abord interloqué, Kaylan prit un air sarcastique :

– Tu ne nous avais pas habitués à de tels scrupules… Et que proposes-tu pour lui venir en aide ?

Le vagabond fixait ses pieds, hésitant. Il releva la tête, et Sheelba ne put retenir un cri de surprise : Shaar-Lun était transfiguré. Au milieu de son visage fermé, ses yeux brillaient comme deux rubis.

– Partez devant, lança-t-il. Je vous rejoindrai.

Il fit demi-tour, envoyant voler au-dessus de ses épaules son long manteau, et s'enfonça dans les ténèbres.

Sheelba avait eu le temps de distinguer l'éclair d'un poignard. Elle saisit le bras de Kaylan :

– Fais quelque chose ! Tu ne vois pas qu'il va le tuer ?

Kaylan fit un geste d'impuissance :

– Nous n'y pouvons rien… De toute façon, Lucius est condamné dans ces couloirs. Un jour ou l'autre, il sera capturé par les troupes de la nuit.

Il respira profondément avant d'ajouter :

– Au moins, avec Shaar-Lun, Lucius ne souffrira pas.

Sheelba ne comprenait plus : ses compagnons n'étaient-ils en vérité que deux brutes sanguinaires ?

Elle se rebella :

– Shaar-Lun n'est pas innocent ! Il agit dans un but précis !

Les mots s'entrechoquaient dans son esprit douloureux. Devant ses yeux, les regards tantôt amicaux, tantôt sombres de ses compagnons se superposaient, leurs visages se mêlaient aux masques hideux des créatures de la nuit…

Soudain, tout s'éclaircit :

– Je sais ! Je me souviens ! Lucius l'a dit : l'empereur a un double visage…

– Voilà que tu recommences, l'interrompit Kaylan d'une voix bourrue.

Ignorant sa remarque, elle poursuivit sa démonstration :

– Souviens-toi de ses mots : « L'empereur a un envoyé, un homme de confiance ». Lucius nous a décrit « un guerrier caché dans les souterrains », dont la mission est d'éliminer les champions, afin que jamais ils n'arrivent au bout de l'épreuve !

Kaylan esquissa une moue dubitative :

– Je ne porte pas Shaar-Lun dans mon cœur, et tu le sais… Mais est-ce une raison pour l'accuser de tous les maux ?

Sheelba lui saisit le bras, enfonçant les ongles dans sa chair :

– Mais tu es aveugle ? Lucius parlait d'un envoyé du Mal, un guerrier converti aux Ténèbres, un tueur insensible, chargé d'éliminer les champions ! N'est-ce pas ce que Shaar-Lun a fait, avec nos compagnons ? Sait-on seulement ce qu'ils sont devenus ? N'est-il pas resté avec eux, au début ?

Kaylan chassa ces idées d'un geste :

– Tout ça ne veut rien dire : Shaar-Lun aurait eu cent occasions de nous tuer…

Il dévisagea Sheelba : la jeune femme ne l'entendait plus. Les yeux grands ouverts, elle poursuivait sa litanie :

– C'est Shaar-Lun, c'est l'envoyé du Mal… Il est parti tuer Lucius, il va achever sa mission.

– Mais quelle mission, par la Lune sombre ? De quoi parles-tu ?

– Il nous a ménagés parce qu'il avait besoin de nous. Et puis Lucius s'est montré, et Shaar-Lun…

Elle leva vers Kaylan des yeux emplis de larmes.

– Nous lui avons amené Lucius, sanglota-t-elle, nous serons responsables de sa mort ! Il faut y aller, il faut l'empêcher…

Elle s'élança, mais Kaylan la retint fermement :

– Non, Sheelba, nous en avons déjà parlé : jamais le grand prêtre ne se serait laissé abuser par un suppôt des forces des Ténèbres… Shaar-Lun n'aurait pas pu nous tromper tous.

Sheelba enfouit sa tête dans ses mains. Elle était à bout, ne se sentait plus la force de lutter.

Kaylan chercha à la réconforter :

– Réfléchis, cela ne peut pas être lui : pourquoi aurait-il tant attendu ? Il lui aurait été facile de ramener une cohorte de soldats, de nous exécuter…

Il scandait ses mots, comme pour se persuader de la justesse de ses propos, mais le cœur n'y était pas. Il soupira profondément :

– Il n'y a plus rien à faire, Sheelba. Autant continuer. Si Shaar-Lun est bien celui que tu crois, il ne tardera pas à se lancer à notre poursuite. Sans doute sera-t-il escorté, et nous ne pourrons pas faire face… Mieux vaut atteindre les arènes au plus vite.

Il l'aida à se relever, avant d'ajouter, sans trop y croire :

– Et s'il est de notre côté, il ne tardera pas à réapparaître pour participer lui aussi à l'ultime épreuve !

Sheelba ne répondit rien. Elle se contenta de marcher au côté du guerrier, tête basse, en ruminant de bien noires pensées.

Le couloir se scinda bientôt en plusieurs corridors. Ils décidèrent d'avancer tout droit sans plus réfléchir, et continuèrent ainsi un long moment. Le couloir dallé s'interrompit brusquement, laissant place à un nouveau boyau naturel, au sol incertain de roche humide et de lichens glissants.

Auraient-ils le temps d'arriver au bout du parcours avant d'être rattrapés par les forces du Mal ? Comment pourraient-ils leur résister, noyés dans l'obscurité ?

Une violente source lumineuse les éblouit soudain au détour d'un couloir. À quelques dizaines de pas à peine, une ouverture circulaire laissait entrer l'aveuglante lumière du soleil.

– La sortie, hoqueta Sheelba, nous avons trouvé la sortie…

– J'arrive donc à temps !

Sheelba se raidit, tous les sens en alerte.

Dans son dos, la voix de Shaar-Lun avait surgi de nulle part.

20

C'en était trop pour Sheelba, qui perdit subitement toute réserve. Elle se retourna, haineuse :

– Où es-tu, Shaar-Lun ? tonna-t-elle. Sors de ta cachette, par la Lune sombre !

Son cri ricocha sur les parois de la galerie. Shaar-Lun demeurait invisible. La voix du vagabond tomba à nouveau, lui parvenant de tous les côtés à la fois :

– Tu es belle quand tu es en colère…, susurra-t-il.

Sheelba s'étouffa de rage. Elle saisit son couteau et le brandit devant elle, balayant l'obscurité opaque du corridor :

– J'en ai assez ! Montre-toi !

Il y eut un frôlement sur sa gauche, et Sheelba gémit de douleur.

Shaar-Lun était apparu et, d'un geste vif et précis, lui avait tordu le poignet pour la désarmer.

– Tu es séduisante, mais dangereuse…, se contenta-t-il de déclarer en ramassant prestement la dague de la jeune femme.

Kaylan fit un pas vers eux, mais le voleur l'arrêta d'un mouvement impérieux :

– Halte ! Il est encore temps de parler. Un geste de plus, et nous courons à la catastrophe : vous êtes tous deux à bout, et je crains fort que vous ne soyez plus en mesure de me comprendre…

Kaylan leva son épée, méfiant :

– Soit. Je t'accorde un sursis. Présente-moi tes mains.

Shaar-Lun écarta les bras, paumes visibles.

– Tu vois : tu n'as rien à craindre.

Kaylan s'approcha du vagabond et plaça la pointe de son glaive sur sa gorge.

– Fouille-le, ordonna-t-il à Sheelba.

Shaar-Lun étouffa un ricanement :

– C'est ainsi que tu me récompenses de t'avoir sauvé la vie ?

La magicienne s'affairait à présent à palper le manteau de Shaar-Lun. Soudain, elle cria d'effroi.

Elle avait trouvé un médaillon et le présenta à Kaylan. Le guerrier reconnut le bijou qui ornait le cou de Lucius.

– C'est pour ça que tu as éliminé Lucius ? Pour cette babiole ?

Shaar-Lun s'assombrit :

– Les explications viendront en temps et en heure…

Sheelba, hautaine, le considéra avec dégoût :

– Tu… tu l'as tué pour ce bijou ? C'est donc le prix que tu accordes à la vie ? Une malheureuse pierre précieuse en échange de…

Elle fut incapable de finir. Comment avait-elle pu se montrer si crédule ? Ce vagabond, en qui elle avait cru reconnaître un héros, montrait enfin son vrai visage !

Quel sortilège lui avait-il lancé pour qu'elle succombe à son charme ? Shaar-Lun n'était qu'un être abject, indigne…

La jeune femme pensa à Lucius et ses yeux se voilèrent.

Shaar-Lun, imperturbable, la regardait en souriant.

– Tu ne peux pas comprendre, commenta-t-il, pas encore…

– Tais-toi ! rugit-elle, je ne veux plus t'entendre !

Elle courut vers la sortie, ne voulant pas leur offrir le spectacle de ses larmes. Plus que tout, elle craignait d'entendre le rire de Shaar-Lun. Sheelba ne s'arrêta qu'aux lourds barreaux d'acier.

– Tu peux continuer avec nous, dit Kaylan d'une voix sourde. L'heure de l'épreuve ultime est venue. Nous verrons bien qui est digne d'être l'élu…

Le vagabond soutint son regard sans ciller :

– Comme tu voudras, guerrier…

Kaylan s'effaça pour le laisser passer. Sous aucun prétexte il ne voulait présenter son dos au vagabond.

Ils s'avancèrent vers l'extrémité du souterrain.

De l'autre côté de la grille s'étendait l'arène, cernée de hautes murailles de pierre. Plusieurs corridors y débouchaient, tous fermés par les barreaux d'acier. Shaar-Lun scruta les alentours.

Le jour se levait sur Selenæ. Il lui sembla deviner la silhouette de Durlïn, appuyé au grillage de l'autre côté de l'arène. Le guerrier paraissait affaibli par les épreuves endurées. Shaar-Lun essaya de distinguer d'éventuels compagnons, derrière le champion. Il n'y parvint pas et renonça rapidement.

L'heure de l'épreuve ultime approchait.

Enfin, un cliquetis métallique se fit entendre. Dans un grincement sinistre, la grille se releva, libérant le passage. Une nouvelle fois, Kaylan et Sheelba s'effacèrent devant Shaar-Lun. Le vagabond ne se fit pas prier et pénétra dans l'arène.

Il foula le sable de l'enceinte d'un pas mal assuré, car le sol semblait fuir sous ses pieds. Il tentait de retrouver son calme, lorsqu'un murmure s'éleva des gradins.

« Les spectateurs sont déjà réunis, pensa-t-il, je dois leur apparaître comme un bien piètre champion… »

Dans un sursaut d'orgueil, il fit l'effort de se redresser. Il leva une main en visière au-dessus de ses yeux et balaya le décor du regard. Le Conseil s'était réuni. Il y avait là les plus hauts dignitaires de Selenæ. Shaar-Lun aperçut l'empereur, siégeant sur son trône d'onyx. À sa droite se tenait Arh'En Dal, le grand prêtre, et les principaux représentants de l'ordre de la Lune sombre. De l'autre côté avaient pris place les représentants du peuple et les officiers supérieurs. Tous les visages étaient graves et tendus.

L'heure de l'élection était venue…

Le vagabond reporta son attention sur l'Empereur-Mage, vêtu de sa toge blanche, le visage dissimulé par son masque de lumière. Il était trop loin pour qu'on puisse distinguer ses yeux, mais Shaar-Lun voyait flotter les cheveux laiteux du monarque.

Shaar-Lun le maudit de toutes ses forces pour tout ce qu'il venait de vivre…

Pris de vertige, il s'accroupit.

Sheelba et Kaylan, en retrait, le surveillaient en silence.

Un nouveau murmure parcourut l'assemblée. Les autres champions faisaient leur entrée. Shaar-Lun découvrit les visages douloureux de Durlïn et Letto. Il fronça les sourcils :

– Les autres ?

Durlïn secoua la tête, l'air abattu :

– Il n'y a plus que nous deux… Jaris… est tombé le premier, lors d'une embuscade. Je n'ai rien pu faire, il… est mort dans mes bras.

Il poursuivit, la voix tremblante :

– Puis Ferlon est mort à son tour, victime de créatures minuscules, munies de sarbacanes… Quant à Aronen le barbare, il s'est aventuré dans une faille rocheuse, qui s'est refermée sur lui. C'était horrible…

Shaar-Lun se contenta de hocher la tête gravement. Il se releva et vint se placer en face de l'Empereur-Mage :

– Mon Seigneur, nous sommes prêts à subir l'ultime épreuve.

Un éclair de surprise passa dans le regard du monarque, qui se tourna vers le grand prêtre :

– Se pourrait-il que ceux-ci se montrent à la hauteur ?

Arh'En Dal exultait :

– La Lune sombre aura sans doute entendu nos prières, Majesté.

Le monarque adressa un signe aux soldats de la garde postés à l'autre extrémité de l'arène. Ces derniers s'affairèrent aussitôt. Un bruit d'acier malmené se fit entendre, et la dernière grille s'effaça avec une plainte funeste.

Instinctivement, tous les héros avaient saisi leurs armes. Ils tournaient vers le corridor obscur des regards anxieux.

Des grondements sourds s'élevèrent de l'ombre, ponctués de claquements de mâchoires avides. Une patte griffue traversa le rideau opaque des ténèbres et se posa lourdement sur le sol, faisant voler un nuage de poussière. Puis une gueule immonde apparue. L'entrée de la bête provoqua un frisson de terreur dans l'assemblée. Arh'En Dal sursauta. « Jamais je ne m'y habituerai », songea le vieil homme. Il adressa une supplique muette à la Lune sombre.

Bouche bée, Kaylan et Sheelba regardaient entrer le troupeau de créatures. C'étaient des hybrides, mi-hommes, mi-lézards. Les plus massifs d'entre eux allaient à quatre pattes, lentement, sûrs de leur victoire. Des muscles puissants roulaient sous leur peau écailleuse et luisante aux reflets d'obsidienne. D'autres monstres, d'aspect presque humain, étaient armés de longs espadons et de boucliers.

Lentement, ils s'installèrent en arc de cercle pour défier les champions.

Les héros se regroupèrent. Même les plus grands d'entre eux – Durlïn et Kaylan – semblaient fragiles face aux bêtes. Les hybrides amorcèrent une approche lente. Leurs mâchoires claquaient dans le vide, leurs griffes traçaient de profonds sillons dans le sable de l'arène.

Kaylan s'ébroua. La peur l'avait tétanisé un instant, mais il avait su se maîtriser.

– Nous y voilà…, gronda-t-il. Il va falloir…

Il n'eut pas le temps d'achever sa phrase. Avec un hurlement sauvage, la créature qui paraissait guider la meute donna l'ordre de l'assaut.

Les champions, faisant front commun, parvinrent à briser la première charge. Les épées sifflaient dans l'air, elles taillaient de profondes blessures dans les chairs des monstres. Ces derniers crachaient de douleur… et leurs plaies béantes se refermaient comme par magie.

Letto chuta le premier.

Il avait combattu avec l'énergie du désespoir, mais un reptile s'était glissé dans son dos et avait refermé ses formidables mâchoires sur une de ses jambes. Letto hurla et s'effondra. Il fut happé aussitôt, submergé par la marée monstrueuse.

Les survivants redoublèrent de fureur, bondissant avec rage au cœur de la mêlée. Le sol fut bientôt jonché de cadavres. Les champions dérivaient au milieu d'une tempête de cris et de fureur…

Durlïn tomba à son tour et se perdit dans le foisonnement de gueules et de griffes.

Bientôt ils ne furent plus que trois, face à une demi-douzaine de monstres. Leurs membres endoloris avaient peine à manier les armes, de plus en plus lourdes…

Soudain, Shaar-Lun saisit Sheelba à la taille et pivota sur lui-même. Kaylan bondit, certain que le vagabond cherchait à utiliser sa compagne comme un bouclier humain.

– Lâche-la ! hurla-t-il, les yeux emplis de haine.

– Tourne-toi ! lui cria le vagabond.

Kaylan éclata de rire :

– Pour mieux te présenter le dos ? Jamais !

D'un mouvement fulgurant, Shaar-Lun lança son poignard de jais. La lame noire effleura le guerrier, qui n'esquissa pas un geste de défense. Derrière lui, une plainte inhumaine s'éleva. Kaylan fit volte-face et découvrit, éberlué, la créature des Ténèbres qui s'apprêtait à le frapper. La lame obscure, profondément fichée dans son poitrail, l'avait foudroyée. Déjà, Shaar-Lun avait bondi et plaçait Sheelba entre eux :

– Dos à dos, souffla-t-il, c'est notre seule chance !

Il se baissa promptement et récupéra son arme.

La suite ne fut plus qu'un enchaînement de coups et de parades. Kaylan moulinait de toutes ses forces, et son épée tranchait et découpait. Sheelba, les yeux révulsés, psalmodiait ses incantations et libérait des flux d'énergie foudroyants. Quant à Shaar-Lun, il attendait la dernière seconde pour plonger sa lame dans les corps de ses adversaires. Le poignard de nuit perçait les plus épaisses carapaces, atteignant mortellement ses proies. Chaque fois, l'onyx irradiait, et semblait s'abreuver aux forces vitales des créatures du chaos. Les bêtes s'effondraient alors, pour ne plus se relever.

Enfin, il n'y eut plus que trois silhouettes dressées au centre de l'arène.

Le sable s'était empourpré. Partout régnaient la mort et la désolation. Hébétés, les trois champions avaient peine à croire que le combat était terminé.

Kaylan, exténué, tomba à genoux. Sheelba roula sur le sol, inconsciente. La débauche d'énergie que lui avaient réclamée ses sorts avait eu raison de ses dernières forces.

Seul Shaar-Lun tenait encore sur ses jambes.

Il fit le tour de l'arène, s'attardant sur ses adversaires, prêt à leur assener le coup de grâce. Ce fut inutile. La dague des Ténèbres n'avait pas manqué un seul d'entre eux…

Alors il se redressa et, écartant les bras vers la voûte, laissa jaillir un long hurlement de victoire.

En écho à son cri, quelques applaudissements partirent se perdre vers le ciel. L'Empereur-Mage, debout devant son trône, semblait avoir apprécié le spectacle à sa juste valeur :

– Vous avez vaincu ! Gloire aux héros !

Il se tut un instant, et ses lèvres dessinèrent un sourire cruel :

– Mais, hélas, la loi est claire : il nous faut un seul champion…

Sheelba et ses compagnons échangèrent un regard. Puis, d'un même mouvement, ils rengainèrent leurs armes.

La jeune magicienne prit la parole :

– Non, Majesté. Cela nous est impossible. Ensemble, nous avons vaincu, ensemble, nous continuerons…

Le grand prêtre leva sur l'Empereur-Mage des yeux inquiets.

Ce dernier paraissait en proie à une colère formidable. La joue agitée d'une rafale de tics nerveux, il voulut cracher un ordre, puis se ravisa avant d'articuler, à contrecœur :

– Soit, puisque tel est votre choix…

Le grand prêtre s'agenouilla :

– Gloire aux élus !

Sa voix tonna sous la voûte de la tour. Il leva les bras au ciel, le regard éperdu de reconnaissance :

– Que la Lune sombre en soit remerciée !

Tous les dignitaires mirent genou en terre et s'inclinèrent devant les champions. L'empereur quitta le donjon sans un mot, escorté par sa garde.

Sheelba, à bout de forces, se mit à pleurer silencieusement. Kaylan et Shaar-Lun l'aidèrent à se relever avec des gestes doux. Les deux hommes se dévisagèrent. Kaylan s'éclaircit la voix :

– Je… voulais te dire…

Shaar-Lun secoua la tête :

– Inutile, souffla-t-il.

Il percevait la gêne du guerrier et ne voulait pas augmenter son trouble. Kaylan lui en fut reconnaissant.

Les trois champions attendirent au centre de l'arène que l'on vienne recueillir les corps de leurs compagnons.

Ils quittèrent ensuite les lieux de l'ultime affrontement.

Ils marchaient côte à côte, d'un même pas.

21

Dès leur entrée au palais de jade, on conduisit les champions à travers le dédale des couloirs jusque dans des appartements somptueux. Là, on leur prodigua des soins attentifs, et ils ne tardèrent pas à s'endormir, épuisés.

Au réveil, le lendemain matin, Kaylan faisait grise mine. Le guerrier avait lutté une partie de la nuit pour échapper à un cauchemar récurrent :

Des voix criaient son nom, l'entraînaient à travers un long corridor. Le guerrier était soudain ébloui par une violente lumière… et il aboutissait au milieu d'une vaste pièce aux murs lambrissés. Toujours, une haute silhouette se découpait derrière un bureau, masquée par le contre-jour. Et Kaylan balbutiait :

« Que… que m'arrive-t-il ? Où suis-je ? Qui êtes-vous ? »

Les mêmes mots résonnaient à ses oreilles : « Bienvenue, Kaylan ! Bienvenue dans ta maison ! »

Kaylan chancelait alors, il sentait les événements avant même que ceux-ci ne se produisent. Il était conscient d'avoir déjà vécu la scène, mais ne pouvait en changer le cours. Il luttait, se tordait, modifiait ses attitudes, ses mots… En vain. L'Empereur-Mage, imperturbable, reproduisait le déroulement infernal de son cauchemar.

Les livres se soulevaient, emportant les bibelots dans un tourbillon qui cernait le jeune guerrier.

Puis le dialogue reprenait, inchangé : « Vous ? ! C'est… je suis… », balbutiait Kaylan.

Et la réponse jaillissait : « Oui, Kaylan. Te voilà parvenu au terme de l'épreuve. Tu as fait preuve de courage, d'intelligence, d'audace… et, plus que tout, tu as eu de la chance ! »

Et le doute s'insinuait dans son esprit. Kaylan s'agitait sur sa couche, incapable d'agir avant ce moment où tout basculait, où il s'opposait au monarque.

Le souverain bondissait alors sur ses pieds, il grimaçait, il se scindait en deux parties égales, une blanche et complice, l'autre noire et infernale…

Puis les deux voix résonnaient en même temps, et leurs échos obsédants torturaient le champion : « Viens à moi, Kaylan, accepte mon présent, et tu régneras sur cette terre ! »

L'Empereur-Mage s'apprêtait à lancer son sortilège, il lui accordait une dernière chance de rallier sa cause. Le guerrier déclinait l'offre, son adversaire déchaînait sa puissance, libérant un essaim de projectiles incandescents qui foudroyaient Kaylan… et le rejetaient sur son lit, à bout de souffle, les yeux exorbités, le corps meurtri et couvert d'une sueur âcre.

À son réveil, un détail obsédait Kaylan : l'Empereur-Mage, en se dédoublant, s'exprimait avec deux timbres distincts. Le premier était celui qu'on lui connaissait. Métallique, empreint de force et de calme…

Mais quelle était cette seconde voix, qui venait se superposer à celle de l'Empereur-Mage ?

Kaylan la connaissait, il en était certain… Quel rôle jouait-elle dans la scène ? Défendait-elle les forces du Bien ou celles des Ténèbres ? Qui parlait dans son esprit ? Qui avait tenté de le prévenir ?

Le guerrier se leva au petit jour et marcha jusqu'au balcon pour assister au lever du soleil sur Selenæ. La brise légère chassa sa terreur nocturne. Aujourd'hui était un grand jour !

On frappa discrètement à sa porte : des serviteurs lui apportaient un repas copieux.

Il fut prêt de bonne heure et précéda ses compagnons dans l'antichambre des appartements impériaux. Un premier choc l'y attendait : la salle était en tout point semblable à celle de son cauchemar ! Kaylan en nourrit une angoisse incontrôlable. Il s'en ouvrit à Sheelba dès son arrivée. La magicienne l'écouta sans prononcer un mot, le visage fermé.

– Par la Lune sombre, déclara-t-elle enfin, j'ai… j'ai fait cette nuit le même cauchemar. Il faut…

Elle ne put rien ajouter. Shaar-Lun arrivait, escorté par deux hauts dignitaires. On les invita à entrer dans les appartements du souverain. Ce dernier les attendait derrière son bureau. Sa haute silhouette se découpait dans la lumière. Les trois champions pouvaient distinguer ses mains fines aux doigts entrecroisés. Des doigts longs et maigres, plus habitués à tourner les pages des livres qu'à manier l'épée…

D'une voix posée, il les invita à prendre place dans les fauteuils installés devant lui. Ils s'exécutèrent, mal à l'aise.

– Vous vous êtes rendus maîtres de la gueule du Dragon, commença le monarque, c'est exceptionnel… Des dizaines de champions vous y ont précédés, et aucun de ceux qui ont atteint l'arène n'a survécu.

Il se tut un moment.

– Je pensais rester souverain absolu de Selenæ, et me voilà contraint de vous laisser la place…

Il se leva et se dirigea vers la fenêtre. Dehors, le soleil était aveuglant. Sheelba et ses compagnons ne distinguaient de l'empereur que les contours d'une silhouette longiligne et large d'épaules.

– J'en suis le premier surpris, poursuivait-il sur un ton neutre. Je n'ai pas eu le temps de me préparer à une telle éventualité.

Il se retourna très lentement et les fixa. Dans son visage en contre-jour, les pupilles luisaient comme des braises.

Sheelba hoqueta. Son cœur venait de manquer quelques battements. À ses côtés, Kaylan retenait son souffle. Shaar-Lun remuait nerveusement sur sa chaise. Le vagabond plongea la main sous son manteau.

Le souverain marqua un nouveau silence. Ses yeux allaient de l'un à l'autre en un lent va-et-vient :

– Vous êtes les nouveaux empereurs de Selenæ… J'accepte votre victoire. Vous allez donc me remplacer. À moins que…

Il s'interrompit un instant :

– Seule votre mort pourrait justifier mon retour…

Sheelba gémit. Une force invisible la clouait à son fauteuil, lui enserrait la gorge et lui meurtrissait les côtes. Elle réalisa avec horreur qu'ils étaient prisonniers du mage ! Le monarque les tenait en son pouvoir ! Elle voulut secouer la tête pour échapper à ce cauchemar éveillé, mais ressentit une vive douleur à la nuque qui la contraignit à l'immobilité.

Un râle retentit soudain à la droite de la jeune femme. Au prix d'un effort surhumain, Kaylan venait de se remettre sur pied. Le guerrier tentait d'atteindre son épée. Sa main crispée tremblait dans le vide : il paraissait combattre des bras invisibles qui le retenaient. Ses doigts avançaient cependant, gagnant peu à peu. Ils effleuraient la garde de son glaive…

Mais un cri de fureur retentit, qui interrompit son geste. Shaar-Lun brandissait sa dague de jais. Sa main droite était empourprée, un flot de sang coulait entre ses doigts…

L'Empereur-Mage tendit les bras en direction du vagabond pour libérer un flot d'énergie dévastateur.

Shaar-Lun fut soulevé du sol par les projectiles du mage. Il traversa la pièce et percuta une des bibliothèques, avant de s'effondrer sur le sol sous un amas de grimoires. De son côté, Kaylan empoigna son glaive et se rua en avant. Il rejoignit le souverain et leva son arme pour le frapper…

Le guerrier s'arrêta, l'épée brandie au-dessus de la tête : devant lui, l'empereur titubait.

La dague de Shaar-Lun était profondément fichée dans son torse.

Le vagabond n'avait pas manqué sa cible. Une fleur de sang s'étalait sur la toge blanche du souverain. Stupéfait, ce dernier considérait le manche noir qui se dressait au milieu de sa poitrine. Il releva la tête vers le guerrier :

– Co… comment ?

Il n'acheva pas et partit à la renverse. Il chuta lourdement, fut secoué de spasmes violents, et se détendit soudain.

L'Empereur-Mage venait de mourir…

Sheelba s'empressa d'envoyer voler les livres qui recouvraient partiellement leur compagnon. Elle dégagea un Shaar-Lun grimaçant. Il fut secoué d'une quinte de toux et se redressa sur un coude. Il replia un doigt et en frappa son torse. Un bruit mat se fit entendre. Sheelba, incrédule, l'aida à se relever. Shaar-Lun souriait.

– Je m'y attendais, articula-t-il péniblement. Alors, ce matin, j'ai enfilé cette armure. Un… vieux souvenir de… mon passé à la guilde.

Sheelba était partagée entre la consternation et le fou rire nerveux :

– Comment es-tu parvenu à te libérer de son emprise ?

Il lui montra sa paume meurtrie :

– J'ai serré la lame de mon poignard, la douleur m'a tenu éveillé…

Kaylan rejoignit les deux jeunes gens :

– C'est fini, dit-il en rengainant son arme.

– Pas tout à fait !

Les trois champions se figèrent : la voix de l'Empereur-Mage avait retenti dans leur dos !

Ils se retournèrent tous trois d'un même mouvement.

Le sorcier leur faisait face. Son aspect s'était incroyablement modifié. Le monarque mesurait à présent près de trois mètres, son visage était tordu dans un rictus de colère, qui dévoilait plusieurs rangées de crocs, luisants d'une salive verdâtre. Ses bras se prolongeaient par des mains griffues, et des ailes membraneuses se déployaient dans son dos. Un craquement sinistre se fit entendre, et le front du monstre se déchira pour livrer passage à des cornes spiralées.

– Bien essayé, ricana-t-il à l'attention de Shaar-Lun, mais tu ne croyais tout de même pas que l'empereur des Ténèbres serait sensible à une arme qu'il a lui-même créée ?

Sheelba et Kaylan, ahuris, contemplaient la bête qui avançait vers eux à pas lourds. Shaar-Lun, impassible, secoua la tête :

– Non, Majesté. Je savais que ma victoire ne serait que temporaire…

Il plongea prestement la main dans un repli de son long manteau :

– Mais j'ai ici un présent pour vous.

Le monstre se figea en découvrant le poing serré de Shaar-Lun : le vagabond brandissait une chaîne, à laquelle était relié le pendentif de Lucius. Il poursuivit, haineux :

– J'ai également un message pour vous : l'Empereur-Mage vous souhaite bon voyage aux Enfers !

Le démon ailé rugit et voulut plonger sur Shaar-Lun, mais celui-ci fut plus rapide. D'un mouvement du poignet, il projeta le bijou, qui heurta le monstre au milieu du front. Une explosion secoua la pièce, soufflant les trois champions. Une brume épaisse s'éleva.

Toussant et crachant, ils distinguèrent alors une nouvelle silhouette qui se dressait devant la bête. La voix de Lucius tonna :

– Dans mes bras, mon ennemi, mon frère !

Le démon hurla tandis que son adversaire l'enlaçait.

Un brasier jaillit de nulle part… et une nouvelle déflagration jeta Shaar-Lun et ses compagnons au sol, inconscients.

Quand ils retrouvèrent leurs esprits, des coups sourds résonnaient à l'entrée de la pièce.

– Ouvrez, par la Lune sombre ! Ouvrez-moi !

La porte céda, et Arh'En Dal fit irruption dans la pièce :

– Que s'est-il passé ? Où est l'empereur ?

Ses yeux inquiets parcouraient la salle. Sheelba se redressa la première. Elle peina à se rétablir et balaya du regard le bureau. Rien ne subsistait des deux combattants. Seule une trace noire s'étalait à l'endroit de l'explosion. Kaylan se leva à son tour et fit quelques pas vers l'étoile sombre qui maculait le tapis. Il se pencha et ramassa le bijou qui gisait au sol. Shaar-Lun le rejoignit, et le guerrier lui présenta le joyau. La pierre semblait luire d'un nouvel éclat. En son cœur, deux minuscules soleils tournoyaient.

Le vagabond hocha la tête :

– Le vieux fou n'avait pas menti…

Une larme roula sur sa joue, et il se détourna vivement pour se placer face à la fenêtre. Shaar-Lun laissa un instant ses yeux divaguer au-dessus des toits de la capitale.

– Je crois qu'il est temps de vous donner quelques explications, soupira-t-il.

D'une voix sourde, il leur narra sa découverte :

– Quand je suis retourné auprès de Lucius, je l'ai trouvé qui pleurait au bord de la fosse en priant pour ses compagnons défunts. Je l'ai entraîné vers la dernière frise de pierre, et je lui ai parlé des différents personnages qui la composaient. Il me les a tous nommés, il a répondu à toutes mes questions. C'est alors que j'ai eu une illumination : j'ai saisi mon poignard, et…

– Tu… tu l'as tué ? demanda Sheelba d'une toute petite voix.

Shaar-Lun secoua la tête :

– Non, rassure-toi. Je l'ai rasé, et débarrassé de toute cette broussaille qui lui dévorait le visage. Et alors, en comparant la sculpture et Lucius, j'ai compris !

Il marqua une courte pause et plongea son regard dans celui de Sheelba :

– Lucius et l'Empereur-Mage n'étaient qu'une seule et même personne. Notre souverain s'était laissé piéger par l'empereur des Ténèbres, qui l'avait exilé dans les souterrains avant de prendre sa place.

– Tu veux dire que Lucius…

Shaar-Lun hocha la tête :

– Oui, le dément était le véritable Empereur-Mage de Selenæ, rendu fou par son plus terrible adversaire, et condamné à errer dans la gueule du Dragon… Parfois, lors d'un éclair de lucidité, il retrouvait des caches conçues lors de la création du labyrinthe. Ainsi, il a pu survivre des années durant… Son adversaire maléfique, impatient de le retrouver, s'est empressé de mettre en place l'élection, et d'envoyer des héros au fond des couloirs de pierre. Il espérait sans doute que l'un d'entre eux retrouverait Lucius, et le convaincrait de sortir au grand jour. Il lui aurait été facile alors de le mettre à mort… Qui se serait soucié d'un dément hirsute ?

Arh'En Dal écoutait, abasourdi :

– Mais alors, balbutia-t-il, qu'est devenu l'empereur ?

– Il a recouvré la mémoire, et m'a donné ses instructions pendant mon sommeil.

– Les rêves, intervint Kaylan, c'était donc cela !

Le vagabond acquiesça :

– Oui, Lucius avait tout prévu. Il avait lancé son sort ultime et s'était préparé au dernier combat. Il a fait naître ces rêves dans vos esprits pour que vous soyez sur vos gardes en rencontrant le monarque. Il m'a dit que je devais atteindre l'Empereur-Mage avec ma dague de jais, mais que ce ne serait pas suffisant…

Shaar-Lun brandit le pendentif :

– Il s'est sacrifié pour nous, et a réussi à entraîner le seigneur des Ténèbres avec lui… Voilà tout ce qu'il reste de notre Empereur-Mage et de son pire ennemi. Deux âmes condamnées à lutter pour l'éternité, enfermées dans ce joyau.

Le vagabond baissa la tête et se mura dans un silence songeur.

Kaylan s'éclaircit la voix :

– C'est grâce à toi que le prince du Mal a été défait, Shaar-Lun. Il est logique que tu sois notre nouvel empereur.

Sheelba acquiesça à son tour. Tous deux s'agenouillèrent devant leur compagnon. Shaar-Lun les considéra un moment, surpris.

– Non, murmura-t-il enfin. Je ne crois pas que tel soit mon destin.

– Que comptes-tu faire, dans ce cas ? lui demanda Arh'En Dal.

Shaar-Lun invita les deux jeunes gens à se relever.

– Je pense que vous ferez un parfait couple souverain, leur déclara-t-il. À vous deux, vous alliez courage, lucidité et sagesse. Toutes qualités qui me font cruellement défaut ! Pour ma part, je demande…

Shaar-Lun marqua une pause :

– Eh bien… Je pensais à ces fabuleux souterrains, qui n'attendent qu'un seigneur capable de régner sur un royaume d'ombres…

– Tu n'y songes pas ? s'inquiéta Arh'En Dal.

– Si, répliqua Shaar-Lun d'une voix ferme. J'abandonne volontiers mon titre d'empereur de Selenæ pour celui de maître du Labyrinthe !

Il adressa à Sheelba et Kaylan un sourire charmeur :

– Bien entendu, vous n'aurez jamais rien à craindre du peuple des souterrains. Je m'y engage formellement…

Il donna une accolade fraternelle à Kaylan, puis déposa un baiser délicat sur le front de Sheelba :

– Avec deux Empereurs-Mages tels que vous, Selenæ est définitivement à l'abri des forces des Ténèbres. Et puis… le grand prêtre est là pour veiller sur vous !

Ému, il s'empressa de quitter la pièce.

Silencieux, Kaylan et Sheelba réalisaient à quel point le vagabond allait leur manquer…

Ainsi fut-il décidé que deux souverains régneraient dorénavant sur la capitale.

Au matin, les deux jeunes monarques avaient regagné l'entrée des souterrains. Les troupes impériales sortaient en masse du labyrinthe. Un capitaine de la garde s'approcha de Kaylan et Sheelba et effectua un salut respectueux :

– Mes Seigneurs, mission accomplie : l'endroit est débarrassé de toutes ses créatures. Nous avons sondé le labyrinthe dans ses moindres recoins.

Ils congédièrent le militaire. Kaylan ne parvenait pas à s'éloigner de l'entrée des souterrains. Le regard embrumé, il fixait le boyau humide et sombre. Sheelba s'approcha de lui :

– Je sais à qui tu penses…

Kaylan avait la gorge serrée :

– J'espère seulement le revoir un jour…

– Nous allons sûrement nous croiser à nouveau : il l'a promis.

Ils regardèrent un instant encore la gueule du Dragon qui béait à flanc de colline.

« Une nouvelle vie m'attend à présent », leur avait dit Shaar-Lun en guise d'adieux. Puis, dans un mouvement ample de son long manteau, il avait disparu, happé par l'obscurité. L'écho de ses pas résonnait encore à leurs oreilles.

Kaylan et Sheelba finirent par quitter l'entrée du labyrinthe et regagnèrent leurs appartements en silence.

La silhouette hirsute de Lucius dansait dans leurs ombres…

Quand vint le soir, ils se retrouvèrent sur le majestueux balcon qui surplombait la ville. Les lumières de Selenæ, ses parfums enivrants s'offraient à eux. Kaylan s'éclaircit la gorge.

– Tu… tu as hésité à partir avec lui, souffla-t-il.

Sheelba garda le silence, son regard errait au-dessus des toits de la cité. Elle se blottissait dans un châle de soie en frissonnant.

Kaylan s'approcha d'elle et la prit dans ses bras :

– Tu regrettes son départ, n'est-ce pas ?

Elle hocha la tête, et le jeune homme crut qu'on lui poignardait le cœur.

– Mais j'avais fait mon choix depuis longtemps, ajouta-t-elle en souriant.

Sheelba leva un visage resplendissant :

– C'est toi que j'aime…

Kaylan lui rendit son sourire, et leurs lèvres se joignirent en un tendre baiser.

Le mariage fut célébré, qui scella la destinée de Sheelba la magicienne et de Kaylan le guerrier, impératrice et empereur de Selenæ. La fête dura sept jours et sept nuits, au bout desquels on mura la gueule du Dragon pour en condamner l'entrée.

Ce royaume était désormais celui d'un étrange vagabond solitaire.

On abattit le château et le funeste donjon qui avait abrité l'arène. On édifia un nouveau palais, au centre de la ville. La tentation fut grande de récupérer les blocs de marbre et de jade qui constituaient l'ancien édifice, mais personne ne put s'y résoudre.

On ne reconstruit pas de grandes œuvres sur des cendres…

Épilogue

Le petit matin était blême sur Selenæ. Le soleil franchissait à peine la crête des montagnes brumeuses qui protégeaient autrefois la capitale. Des années auparavant, les armées des Ténèbres s'étaient mystérieusement évanouies avec leur prince…

La lumière courait déjà sur les innombrables toits blancs, avant de plonger dans les rues encore silencieuses. La ville s'étirait sous sa caresse tiède, comme un chat devant les braises d'une cheminée.

La population dormait toujours, paisible.

Selenæ coulait des jours tranquilles sous le règne bienveillant de ses deux souverains. Entourés des prêtres de la Lune sombre, ils dirigeaient le pays, assurant loi et ordre depuis leur palais.

Arh'En Dal s'éveilla en sursaut. Il maugréa, se retourna en grimaçant sur sa couche. Un bruit inhabituel l'avait arraché au sommeil.

Il se redressa, bâilla plusieurs fois et s'étira. Il promena un doigt sur ses joues maigres, faisant crisser sa barbe naissante. Il contempla son reflet dans le miroir fixé au mur avec un sourire triste : les années avaient passé, doucement. Le grand prêtre était bien vieux aujourd'hui.

Le vénérable religieux veillait sur les deux jeunes monarques et se réjouissait du bonheur à venir : l'impératrice donnerait bientôt le jour à un successeur…

À nouveau, un tintement de cristal sonna. L'air vibra imperceptiblement. Arh'En Dal fronça les sourcils, méfiant, et coula un regard circonspect vers la carafe posée sur sa table de nuit : comment pouvait-elle produire cette musique ? Le grand prêtre se dirigea vers la fenêtre et scruta le décor alentour. Il sursauta : le verre avait tinté encore une fois… Il se pencha au dehors, soucieux : il aurait juré avoir vu bouger le sol, dans la cour du château, comme sous l'effet d'un spasme douloureux.

Il retourna à sa table de chevet et fouilla fébrilement son tiroir pour s'emparer d'un joyau aux reflets pourpres. Arh'En Dal serra le poing. Au creux de sa main, le médaillon terni de Lucius semblait s'animer…

Il retourna à la fenêtre et tendit la main au-dessus du vide pour accrocher un rayon de soleil au bijou de sang.

À l'intérieur, les deux petits soleils poursuivaient leur sarabande éternelle…

Arh'En Dal soupira. L'Empereur-Mage les avait sauvés.

Mieux, il leur avait communiqué sa flamme.

Il vivait toujours à travers eux.

Le sol, sous ses pieds, fut agité de tremblements ténus. Dans sa chambre, le chant du cristal se répéta. Le vieil homme se mordit les lèvres, en proie à une folle inquiétude :

– Et si… *Et si le Dragon s'éveillait ?*

Vous trouverez la suite des aventures de Sheelba,
Kaylan et Shaar-Lun dans le tome 2,
L'éveil du dragon,
qui paraîtra en juin 2000

Cet ouvrage
a été transcodé
et achevé d'imprimer
en mars 2000
par l'Imprimerie Floch
53100 – Mayenne.

Dépôt légal : mars 2000.
N° d'imprimeur : 47708.
N° d'éditeur : 6050.
Imprimé en France.